MICHAEL KLONOVSKY
DIE SCHÖNE APOTHEKERIN

Sechs Erzählungen

MANUSCRIPTUM

Für Lena

INHALT

Vorbemerkung – 7

Die schöne Apothekerin – 9

Wie sterben? – 39

Faustina – 61

Unordnung und zu frühe Freud – 119

Eine Unterhaltung im Zug – 141

Um derentwillen die Sonne scheint – 155

Vorbemerkung

Es ist unüblich, dass ein Autor einem belletristischen Werk ein Vorwort voranstellt. Allerdings ist es auch nicht besonders üblich, dass ein Autor eine Sammlung von Erzählungen mehr als ein Jahrzehnt nach der Niederschrift veröffentlicht, weil er deren Existenz zwischenzeitlich buchstäblich vergessen hatte. In solchen Zwischenzeiten pflegt sich – das ist wiederum üblich – die Welt zu verändern.

Die vorliegenden Geschichten entstanden Ende der sogenannten Nullerjahre, ich würde sagen, um das Jahr 2009, genau weiß ich es nicht mehr. Ich entdeckte sie auf der Festplatte meines alten PCs wieder, bevor ich ihn, nachdem er mir viele Jahre treue Dienste leistete, in den Computerhimmel entließ. Diesen etwas skurrilen Umständen ist nun eine verblüffende Erkenntnis zu verdanken, die sich bei der Wiederlektüre einstellte und deretwegen ich mich genötigt sehe, den Texten ein Vorwort voranzustellen. Sie sind nämlich während der verstrichenen ca. zwölf Jahre historisch geworden. Ich hätte die Unterzeile »Geschichten aus der alten Bundesrepublik« in den Titel einfügen können. Zugleich mögen diese Texte einen Eindruck davon vermitteln, wie sehr sich Deutschland binnen kurzer Zeit verändert hat.

Das sind natürlich keine literarischen Kriterien. Der Erzähler ist ja fast immer der Beschwörer des Imperfekts, er kann seine Handlung spielen lassen, wo und wann er will, und ob er den politischen Straßenlärm oder überhaupt die Gegenwart in seine Prosa dringen lässt, ist seine Sache. Ich möchte nur für den Fall, dass der eine Leser oder die andere Leserin sich fragt: Warum schreibt der das gerade jetzt?, deutlich machen: Es war gar nicht jetzt.

München, im Oktober 2022 Michael Klonovsky

DIE SCHÖNE
APOTHEKERIN

Es war an einem Mittag im Mai, als ich sie zum ersten Mal sah. Ich saß mit einem Kollegen, Daniel ist sein Name, in einem Bistro, das keine hundert Meter neben unserer Firma seine Fensterfront zum Meistersingerplatz hin öffnet. Vor dem Bistro stand eine Reihe runder Tische, an einem davon tranken wir Espresso. Wir waren beide neu an diesem Ort, man hatte uns von einer Außenstelle der Firma hierher in die Zentrale versetzt, und wir sprachen gerade über ein anstehendes Projekt, als Daniel den Blick wie gezogen an mir vorbei richtete und raunte: »Mein Gott, was ist denn das?«

Ich drehte mich um und sah eine Frau auf uns zukommen. Ihr Anblick versetzte mir einen Stich. Jeder Mann kennt diesen Stich. Manche Frauen sind so schön, dass ihr Anblick schmerzt. Ich muss vorausschicken, dass ich solche Empfindungen keineswegs öfter habe, ich neige, was Frauen angeht, eigentlich wenig zur Schwärmerei. Obwohl ich Anfang dreißig bin, lebe ich solo; ich fand die Unterschiede zwischen allen meinen Freundinnen und Kurzbekanntschaften nicht so gewaltig, als dass ich mich für eine hätte entscheiden wollen. Freilich sah keine von ihnen so sensationell aus wie diese Frau, die sich dort gemächlich auf uns zubewegte und gewissermaßen Stiche nach allen Seiten austeilte.

Sie hatte langes, schwarzes Haar, das auf tiefbraune und wie gemeißelt proportionierte Schultern fiel. In ihrem Gang mischten sich Stolz und Lässigkeit auf eine Weise, wie ich es noch nie gesehen hatte. Ihre Haut und ihre Züge verrieten eine südländische Herkunft. Vielleicht eine Türkin, dachte ich, mindestens eine Griechin. Sie war aus einer Seitengasse gekommen, überquerte den Meistersingerplatz und ging in die Apotheke, die sich genau dem Bistro gegenüber befand. Für das Studium ihres Gesichts hatte ich kaum zwanzig Sekunden Zeit, für die Rückansicht blieb mir etwas mehr. Ihre großen, besonders mandelförmigen und wahrscheinlich braunen Augen strahlten aus dem bronzenen Teint wie zwei aufgeblendete Scheinwerfer. Ihr voller, augenscheinlich ungeschminkter Mund war von einem verblüffenden Hellrot. Ich schätzte sie auf Ende zwanzig.

Sie trug Jeans, dazu kurze Stiefel aus einem offenbar sehr weichen Leder, in denen sie ihren halb federnden, halb schläfrigen Gang zelebrierte, darüber ein etwas folkloristisch wirkendes mattgrünes Etwas, halb Poncho, halb Hemdbluse. Da das Teil am Hals ziemlich weit ausgeschnitten war, lagen die Schultern nahezu frei, sodass man die filigranen Träger ihres BHs sah.

Als die Schöne uns ihren Rücken präsentierte, führte Daniel die Fingerspitzen seiner Rechten zu den Lippen, warf ihr eine Kusshand nach und seufzte: »Nun sieh dir diesen Hintern an, das ist doch ein Gottesbeweis!«

»Nein«, widersprach ich ihm, »das ist ein Folterwerkzeug.«

Was mich noch stärker mitriss, war die animalische Sicherheit, mit welcher dessen Besitzerin sich bewegte. Sie ging so selbstverständlich, wie ein Tier läuft, weil das eben seine Natur ist, sie lief, als ob sie ganz allein auf diesem Platz gewesen wäre, als hätte sie nicht gewusst, dass in diesem Moment Dutzende faszinierte Männeraugen (und bestimmt ebenso viele missgünstige Frauenblicke) auf ihr ruhten. Der Mensch hat doch normalerweise Schwierigkeiten, einen belebten öffentlichen Platz ungezwungen zu überqueren, man fühlt sich einfach unbehaglich unter den Blicken vieler anderer, und manche meiden solche Orte deshalb sogar. Man spricht in diesem Fall von Agoraphobie. Und das genaue Gegenteil von Agoraphobie schien mir diese Frau zu verkörpern.

Schließlich verschwand sie in besagter Apotheke, und wir warteten in schweigender Ergriffenheit darauf, dass sie wieder herauskam. Aber sie kam nicht heraus, nicht nach zehn, nicht nach fünfzehn Minuten.

»Haben wir sie übersehen, oder hat der Laden einen Hinterausgang?«, fragte ich.

»Übersehen?« Daniel blies Luft durch die Nase. »*Die?*«

Wir konnten unsere Lauer nicht länger ausdehnen, weil man uns im Büro erwartete. Ich war den gesamten Nachmittag zerstreut, und noch am Abend, als ich heimkam, spürte ich den Stich. In Worte übersetzt bedeutete er: Du wirst nicht wieder glücklich, solange du weißt, dass eine solche Frau in deiner Nähe existiert, und du sie nicht besitzt, und du weißt ziemlich genau, dass du sie nicht bekommen wirst, weil sie anderthalb Nummern zu groß für dich ist.

Mein Wechsel in die Firmenzentrale am Meistersingerplatz verdankte sich einer überraschenden Beförderung. Ich besaß von meinem neuen Büro im vierten Stock aus einen guten Blick über das gesamte, ausschließlich Fußgängern vorbehaltene Areal. Zunächst einmal war an diesem Platz nichts Besonderes: ein italienisches Restaurant, das erwähnte Bistro, ein San Francisco Coffee Shop, ein paar Geschäfte, eine Bibliothek, die Apotheke, einige verstreute Bänke aus Metall, ein kleiner Springbrunnen, dessen Fontäne einer Blüte aus gestanztem Blech entsprang, ein paar Bäumchen und Hecken, mehr nicht. Einmal in der Woche fand hier ein Markt statt.

Als ich tags darauf an der Apotheke vorbeilief, erhielt ich die Erklärung dafür, warum die schöne Unbekannte das Geschäft nicht wieder verlassen hatte. Sie stand nämlich in einem weißen Kittel hinter dem Verkaufstresen und übergab gerade einer alten Dame eine stattliche Kollektion von Arzneimitteln. Dieses erlesene Geschöpf war also weder ein türkisches Supermodel noch die müßiggängerische Gattin eines Millionärs aus dem angrenzenden Villenviertel, sondern übte den stinknormalen Beruf einer Apothekerin aus. Redete mit Kunden über Kopfweh, Halskratzen, krankhaften Harndrang und Gallensteine. Als wir sie gestern gesehen hatten, war sie auf dem Weg zur Arbeit gewesen. Aber wer kam denn auf die Idee, dass eine Frau, die so aussieht, arbeitet?

Da ich nicht einfach vor der Apotheke stehen bleiben und hineinstarren konnte, ging ich weiter ins Büro. Dort ließ ich eine halbe Stunde verstreichen, dann marschierte ich wieder zurück, um mir die Schöne unter dem Vorwand, irgendein Medikament zu benötigen, einmal richtig anzusehen. Vielleicht hatte sie aus der Nähe ja irgendeinen Makel, der mir bislang entgangen war und der dem Stich sozusagen den Stachel nehmen würde. Als ich das Geschäft betrat, befanden sich dort zwei Verkäuferinnen, aber die Türkin – ich hatte diese Herkunfts- und Gattungsbezeichnung inzwischen innerlich für sie festgelegt – war nicht darunter. Also vertiefte ich mich in das Angebot der Regale diesseits des Verkaufstresens. Darin standen die üblichen Sachen: Nahrungsergänzungsmittel, Vitaminpräparate, Cremes. Der Laden war kühl und nüchtern eingerichtet, Regale und Tresen bestanden aus schmucklosem hellen Holz, es handelte sich um keine jener Apotheken, die mit ihrem Interieur noch eine Brücke in vergangene Jahrhunderte zu schlagen versuchen. Da ich nicht der einzige Kunde war, blieb mir etwas Wartezeit, vielleicht war sie ja bloß mal in den Nebenraum gegangen, um eine Tinktur anzurühren. Aber sie tauchte auch in der Folgezeit nicht auf, sodass ich unverrichteter Blicke wieder an meine Planstelle zurückkehren musste, wo ich zerstreut meinen Dienst schob.

Wie ich im Laufe der nächsten Tage feststellen konnte, war die schöne Südländerin der allgemein akzeptierte optische Mittelpunkt des gesamten Meistersingerplatzes. Nahezu jeder Mann, an dem sie vorbeilief, egal welchen Alters, drehte den Kopf nach ihr oder folgte ihr wenigstens aus den Augenwinkeln. Gebieterisch zog sie die Blicke auf sich, ohne je einen davon zu erwidern. Es war gleichermaßen unmöglich, nicht auf sie zu sehen und allzu offenkundig hinzuschauen. Dass diese Frau gewissermaßen eine Institution an diesem Ort war, wurde mir spätestens klar, als ich in der Kantine inmitten einer Runde männlicher Kollegen einmal *die Apothekerin* erwähnte, ohne ein Wort näherer Beschreibung, und sofort einer sagte: »Ja, eine Schönheit, unglaublich!«, worauf beifälliges Gemurmel einsetzte. Alle wussten, wer gemeint war. Alle bewunderten sie. Aber keiner hatte je ein privates Wort mit ihr gewechselt.

Als ich die Apothekerin das nächste Mal sah, saß sie mittags beim Italiener am Nachbartisch, und zwar mit einer anderen Frau, die offenbar nicht zu ihrem Geschäft gehörte. Sie trug an diesem Tag wieder eine Hose, dazu ein enges schwarzes Shirt mit ebenfalls engen, ellenbogenlangen Ärmeln, und der Anblick ihres Körpers versüßte und verdarb mir den Tag.

Ich war mit meinem neuen Abteilungsleiter essen gegangen, das erste Mal nach meiner Versetzung beziehungsweise Beförderung, das heißt, er hatte mich eingeladen, zum besseren Kennenlernen, wie er sagte, aber weil ich die gesamte Mahlzeit hindurch vor allem bestrebt war, irgendein Wort von *ihr* zu erhaschen und wenigstens gelegentlich einen wie zufälligen Blick auf sie zu werfen, hörte ich ihm nur sehr zerstreut zu und gab entsprechend nichtssagende Antworten. Andererseits sprach mein neuer Chef sehr laut, begleitete seine Worte mit bedeutungsschweren Gesten – ich könnte auch sagen, er plusterte sich auf –, und selbst ein Trottel hätte kapiert, dass er dies alles keineswegs nur meinetwegen tat, zumal sein unsteter Blick regelmäßig an mir vorbei in ihre Richtung flackerte. Dass sein Gedröhne kaum mir galt, war mir egal, aber dass ich deshalb vom Gespräch am Nachbartisch nicht ein Wort mitbekam, fand ich doch recht ärgerlich. Allerdings sprach speziell *sie* dermaßen gedämpft, dass ich vermutlich auch dann nichts gehört haben würde, wenn mich mein Vorgesetzter nicht zugetextet hätte. Wie mir später auch in der Apotheke auffallen sollte, konnte sie die Lautstärke ihrer Rede außergewöhnlich genau dosieren, die Worte erreichten exakt ihren Adressaten und fielen dann gewissermaßen zu Boden; jedenfalls waren sie einen Meter weiter schon nicht mehr zu verstehen. Wo lernte man so etwas?

Aus der Distanz betrachtet war dieses gemeinsame Mittagessen, das später in einem Büro als Dienstgespräch zur Vorbereitung irgendeines Projektes mit Kostenrückerstattung verbucht wurde, ein recht kurioser Vorgang: Zwei Kerle führen angeblich eine berufliche Unterhaltung, doch bekommen sie von ihr kaum etwas mit, weil sie sich ausschließlich für die Frau am Nachbartisch interessieren, die sie allerdings nicht eine Sekunde in Ruhe anschauen können, da sie so tun müssen, als würden sie sich zum Nutzen des Unternehmens gerade näher kennenlernen, und der sie dermaßen egal sind, dass sie nicht ein Mal zu ihnen herüberschaut. Einzig den überraschend sanften Klang ihrer Stimme trug ich als Beute dieses Mittags mit mir fort.

Tags darauf hörte ich ihn wieder, und diesmal sprach die Stimme zu mir. Ich hatte dem Drang nicht widerstehen können, die Apotheke zu besuchen, und diesmal hatte ich mehr Glück: Sie stand hinter dem Verkaufstresen und bediente gemeinsam mit zwei Kolleginnen. Da es zwei Kassen, aber nur eine Schlange gab und die Kunden verschieden viel Zeit in Anspruch nahmen, war es kaum möglich einzuschätzen, bei welcher Verkäuferin ich landen würde. Als nur noch zwei Leute vor mir standen, fiel mir ein, dass ich mir noch gar nicht überlegt hatte, was ich kaufen wollte. Ich scherte aus der Reihe und stellte mich vor eines der Regale mit Nahrungsergänzungsmitteln, starrte die bunten Reihen von Vitamin- und Mineralpräparaten an und überlegte, was ich hier eigentlich zu suchen hatte, als es in meinem Rücken fragte: »Kann ich Ihnen helfen?«

Ich fuhr herum wie ein Ladendieb unmittelbar vor der Ausübung der geplanten Tat. Einen Schritt von mir entfernt stand – sie.

»Ist alles in Ordnung bei Ihnen?«, fragte sie.

Ich kam mir einen Augenblick vor, als wäre ich ein Wurm oder etwas Derartiges und würde von einem höherentwickelten Wirbeltier angesprochen, weshalb es zwei oder drei quälende Sekunden dauerte, bis ich antwortete: »Aber ja, alles bestens!«

Ich stand da und starrte sie an – nein, in diesem Antlitz befand sich nicht die Spur eines Makels –, während sie ihre Frage modifiziert wiederholte: »Suchen Sie etwas Bestimmtes?«

Klar suchte ich etwas Bestimmtes. Ich hatte nur vergessen, mir zu überlegen, was ich zu suchen vorgeben würde, wenn ich es gefunden hätte.

»Ich – ich brauche Vaseline!«

»Wie viel denn? Es gibt verschiedene Packungsgrößen.«

»Die größte«, hörte ich mich sagen.

Nun runzelte sie sacht die Stirn. »Das wären tausend Gramm! Brauchen Sie wirklich so viel?«

»Ja«, erwiderte ich, und es war wohl dem Stress ihrer Gegenwart zuzuschreiben, dass ich folgsam wie ein Erstklässler und absolut wahrheitsgemäß hinzufügte: »Für den Hintern.«

Eine flüchtige Röte überzog ihr Gesicht, und zugleich fror ihre Miene ein. Der Anblick war so zauberhaft, dass ich eine Sekunde lang vergaß, wie obszön meine Auskunft eigentlich gewesen war. Ich hatte sie in Verlegenheit gebracht!

»Um Himmelswillen!«, rief ich und hob beschwichtigend die Hände. »Verstehen Sie mich nicht falsch, ich bin Fahrradfahrer, ich meine, sportlicher Fahrradfahrer, man sitzt dabei so lange auf diesem kleinen Sattel – diese Sättel sind Marterinstrumente, müssen Sie wissen –, und da hilft Vaseline etwas ...«

Diese Erklärung schien sie zufriedenzustellen, wenngleich noch in meinem Dementi die Frivolität dessen mitschwang, woran ich sie zu denken gezwungen hatte. Jedenfalls klarten sich ihre Züge wieder auf, sie lächelte fast ein bisschen schuldbewusst und hauchte: »Ach so! Vaseline muss ich Ihnen aus dem Lager holen. Warten Sie bitte.«

Was für ein Auftritt, dachte ich, als ich wenig später mit meiner Kilopackung über den Platz ging, jetzt hält sie dich zwar für einen Volldeppen, aber sie wird dich so schnell nicht vergessen. Dieser Einkauf war natürlich vollkommener Unsinn, ein Kilogramm würde für eine ganze Mannschaft reichen. Doch wenn ich daran dachte, wie reizend es ausgesehen hatte, als diese sanfte Röte über ihr Gesicht flog, als aus dieser Diva plötzlich wieder ein Mädchen geworden war, fand ich meine Auskunft beinahe genial. Ich sah dieses Bild, als ich abends einschlief, und als ich morgens aufwachte, war es wieder da.

Schon am übernächsten Vormittag bot sich mir die Gelegenheit, unsere Bekanntschaft zu bekräftigen. *Sie* kam mir auf dem Platz entgegen, gemächlich wie immer und stolz erhobenen Hauptes. Ich erkannte sie natürlich schon von Weitem, und ich spürte, wie mein Gang unsicher wurde und meine Hände nicht wussten, wohin mit sich. Nachdem ich ein paar Schritte lang so getan hatte, als fessele irgendetwas hinter einem Fenster zur Rechten meine Aufmerksamkeit, und ihr nahe genug gekommen war, wendete ich mich ihr zu, um sie zu grüßen. Aber ich suchte ihren Blick vergeblich, obwohl sie den ihren keineswegs gesenkt hielt, als sie an mir vorüberging.

Sie schien mich nicht wahrzunehmen. Haarscharf sah sie an mir vorbei.

Hatte sie mich nicht erkannt? Nein, das war nicht möglich. Ich fühlte mich vorsätzlich ignoriert. Weshalb grüßte sie mich nicht? Wieso sah sie mich nicht einmal an? Hatte sie mich wirklich nur nicht erkannt?

Als ich ihr das nächste Mal begegnete, befand sie sich in Begleitung eines hochgewachsenen, schlanken, hellhäutigen Mannes von ungefähr Ende vierzig, dessen Haar entweder sehr weißblond oder aber bereits ergraut war – oder beides – und der ansonsten ziemlich distinguiert aussah, obwohl er keineswegs besonders teuer gekleidet war. Man sah ihm an, dass er kein Angestellter war, sondern eher Anweisungen erteilte. Die beiden saßen vor dem Coffee Shop, in sehr vertraut wirkender Konstellation, das heißt, er saß, während sie eher lümmelte; sie lag, wie man sagt, *dahingegossen* auf dem Korbstuhl, in ihrer naturhaften Lässigkeit, und man hätte vermuten können, dass sie ein Paar waren. Zog sie sich etwa allabendlich für diesen Kerl aus? Während der Stich in meiner Brust verharrte, schlich ich an den beiden vorbei. Selbstverständlich beachtete sie mich nicht.

Später stellte ich fest, dass der graublonde Mann ebenfalls zur Apotheke gehörte, wobei ich genau genommen den Eindruck gewann, dass die Apotheke ihm gehörte. Augenscheinlich war er der Chef des gesamten Ladens, daran ließ die Art, wie er darin umherging und mit den Mitarbeiterinnen sprach, keinen Zweifel. Hin und wieder bediente er auch oder half den Verkäuferinnen bei anscheinend besonders kniffligen Rezepturen. Im Gegensatz zu ihnen trug er meistens keinen Kittel. Chef oder

Besitzer, sagte ich mir, etwas anderes kam nicht infrage. Zwei der Verkäuferinnen waren übrigens recht hübsch, eine lockenköpfige Rotbraunhaarige, die immer knapp sitzende T-Shirts unter ihrem offenen Kittel trug, sowie eine große, drahtige Blondine mit Sommersprossen und einem enormen Mund. Diese beiden wären einem Mann normalerweise aufgefallen, doch unter den gegebenen Umständen hatten sie kaum Chancen dafür. Bemerkenswerterweise schauten sie nie scheel oder neidisch auf das Mirakel an ihrer Seite – jedenfalls soweit ich imstande war, das zu beurteilen. Es war, als nähmen sie den Abstand zwischen sich und ihr überhaupt nicht zur Kenntnis. Vielleicht weil er zu enorm war?

Ich beobachtete die Apothekerin inzwischen regelmäßig vom Fenster meines Büros aus, wo ich allerdings nur den Eingang des Geschäftes sehen konnte, das heißt, ich musste warten, bis sie den Laden verließ, was sie mittags stets zur gleichen Zeit tat. Kurz davor schloss ich die Tür meines Arbeitszimmers von innen ab und bezog mit einem Fernglas, das ich mir eigens für diesen Zweck gekauft hatte, Position, wobei ich die Lamellen des vor dem Fenster heruntergelassenen Metallrollos so einstellte, dass sie leicht nach außen geneigt waren. Wie ich mich zuvor überzeugt hatte, konnte man von unten einen Menschen hinter diesen Lamellen nicht sehen. Auch von gegenüber sah man mich nicht, denn die Entfernung zwischen unserem Bürohaus und den Wohnungen auf der anderen Seite des Platzes war dafür zu groß – dort hätte jemand ebenfalls ein Fernglas benutzen müssen, um mich zu ertappen.

Wenn die Schöne aus der Apotheke kam, konnte ich nun meinen Blick so auf sie heften, als ob ich direkt vor oder neben ihr stand. Manchmal setzte sie sich auf eine der Bänke und ließ sich von der Sonne bescheinen, und ich studierte jedes Detail ihres Gesichts, ihres Körpers und ihrer Garderobe. Ich sah, dass sie am Fußknöchel ein Tattoo trug und dass auf der rechten Seite ihrer Oberlippe ein kleiner Leberfleck war. Minutenlang vertiefte ich mich in den Anblick ihres Haars, in dem sich das Licht verfing, oder der Beuge ihres Halses oberhalb des Schlüsselbeins, in die ich in Gedanken meine Nase vergrub, um den Zedernduft ihrer Haut zu riechen. Ich sah zu, wie sich ihr Bauch unter dem Stoff des Kleides bewegte, und malte mir aus, wie er sich anfühlte. Ihren gesamten Leib erforschte ich aus der fernen Nähe, ich liebkoste ihn mit Blicken, und ich hätte zu gern einmal ihr Höschen gesehen, doch meistens trug sie Jeans, und wenn sie ein Kleid anhatte, reichte es stets bis über die Knie, sodass ich mit dem Anblick ihrer braunen, glatt rasierten Waden und der filigranen Fesseln vorliebnehmen musste.

Bald hatte ich mehrere Anläufe unternommen, die Apothekerin zu grüßen, aber jedes Mal vor ihrer majestätischen Ignoranz kapitulieren müssen. Dass sie eine Türkin war, wusste ich inzwischen durch einen Verkaufsbon. »Es bediente Sie Ceylan Demiröz«, stand darauf zu lesen. Aus dem Nachnamen folgerte ich, dass sie mit dem graublonden Chef jedenfalls nicht verheiratet sein konnte, denn der war alles, nur kein Türke. Ich gab ihren Namen bei der Google-Bildersuche ein, doch ich fand ihr Konterfei dort ebenso wenig wie ihren Namen unter den Online-Einträgen ihrer Apotheke. Ceylan Demiröz existierte im Internet nicht.

Dafür existierte sie in der Wirklichkeit, und das auch noch sozusagen doppelt beziehungsweise in zwei verschiedenen Wesensarten. Begegnete ich der einen auf dem Platz, sah sie dermaßen exakt an mir vorbei, dass von Zufall oder Zerstreutheit keine Rede sein konnte. Sie *wollte* mich nicht sehen. Traf ich dagegen die andere in der Apotheke, grüßte sie mich freundlich, zwar nicht gerade wie einen Bekannten, aber doch wie einen Menschen, den man eben kennt. Und trotzdem konnte es geschehen, dass ich ihr am selben Tag später draußen über den Weg lief und sie mich ebenso bewusst ignorierte wie bei allen anderen Zusammentreffen dieser Art zuvor.

Was für ein hochmütiges Stück!, dachte ich. Ich fühlte mich schließlich dermaßen gekränkt, dass ich nicht anders konnte, als Daniel davon zu berichten, selbstredend in einem völlig leidenschaftslosen Tonfall, so als ob ich über eine Uraltbekannte sprach, die ich gestern getroffen und die mich kurioserweise nicht gegrüßt hatte. Ich war geradezu erleichtert, als er mir seinerseits exakt denselben Eindruck beschrieb. »Sie grüßt einen nie!«, sagte er, und es klang beinahe bewundernd.

Sobald ich begriffen hatte, dass dieses Übersehenwerden nicht mich persönlich betraf, verstand ich die Frau auf einmal. Wenn man jeden Tag fünfzig Männern begegnet, die einen anstarren und um einen Gruß flehen, muss man entweder ein Philanthrop sein und tatsächlich alle grüßen – oder sich einen Panzer zulegen. Sie behandelte niemanden persönlich schlecht, sondern bloß alle gleich. In diese Überlegungen hinein erzählte mir Daniel, dass man vom Lesesofa der öffentlichen Bibliothek aus die ideale Sicht in das Pharmaziegeschäft besaß, sofern dessen Tür offenstand, was in der warmen Jahreszeit immer der Fall war. Auch er erwähnte diesen

Umstand beiläufig, versteckt hinter einem »Ach übrigens, weißt du, was mir aufgefallen ist?«, und mir dämmerte, dass die Beobachtung dieser Frau keineswegs nur mir zur Obsession geworden war – und dass zumindest Daniel es von mir zu wissen schien. Warum sollte er mir sonst so etwas mitteilen?

Später im Büro fragte ich mich, ob ich unzurechnungsfähig geworden war; dann ging ich in die Bibliothek und erwarb einen Mitgliedsausweis. Ich griff mir den erstbesten Bildband (es war ein Buch über die Pyramiden der Maya), warf einen prüfenden Blick auf die Fensterfront und setzte mich auf ein zerschlissenes Sofa in der Ecke, das mir der beste Platz für meinen Zweck zu sein schien. Hier lauerte ich wie ein Jäger auf dem Hochsitz auf mein scheues Reh. Die Stelle war in der Tat ideal, der Meistersingerplatz machte hier einen Knick, sodass sich Apotheke und Bibliothek näher kamen als alle anderen Geschäfte am Ort, und ich besaß direkte Sicht auf den gesamten Verkaufstresen. Sie trug heute rotbraune Schaftstiefel und ein schwarzes Kleid mit offengelassenem Kittel darüber und händigte gerade einem Mann in einem blauen Anzug eine Packung Tabletten aus. Als der Kunde sich zur Tür wandte, erkannte ich meinem Abteilungsleiter. Ob der die Medizin wohl wirklich brauchte, oder gehörte auch er zum Fanclub?

Ich kam erst darauf, wie lange ich ihr zugeschaut und meinen Gedanken nachgehangen hatte, als mich im Büro mein Chef fragte, wo ich denn die ganze Zeit gewesen war. Ich hatte die Mittagspause um fast eine Stunde überzogen. Während ich Kopfschmerzen fingierte, beschloss ich, es einstweilen gut sein zu lassen mit diesem

Voyeurismus. Zumindest ließ ich das Fernglas daheim, und ich versuchte mich auf meine Arbeit zu konzentrieren. Aber ich musste mich am Mittag zur fraglichen Zeit erheblich zwingen, nicht ans Fenster zu gehen – und schaffte es meistens doch nicht.

* * *

Hier wäre meine Geschichte eigentlich an einem traurigen und etwas langweiligen Ende angekommen, wenn ihr nicht ein Zufall auf die Sprünge geholfen hätte. Inzwischen war es August geworden, und an einem sonnigen Morgen fuhr ich mit dem Fahrrad ins Büro. Ich radelte langsam, denn ich hatte einen neuen Anzug an, und ich dachte an eine Frau, die ich am Vorabend auf einem Empfang kennengelernt und die mir ihre Telefonnummer gegeben hatte. Ich fuhr an einer Reihe mit der Vorderseite zum Bürgersteig parkender Autos vorbei, aus der plötzlich ein BMW-Jeep rückwärts herausschoss, als ich genau auf dessen Höhe war. Er warf mich um, ehe ich an ein Ausweichen auch nur denken konnte. Ich war, wie gesagt, sehr langsam unterwegs, aber es reichte, dass ich mindestens zwei Meter über den Asphalt schlitterte. Wütend schob ich das Fahrrad von mir, um mich aufzurappeln und den Scheißkerl zur Rede zu stellen, der hier ohne zu schauen ausparkte, doch meine Wut verwandelte sich jäh in das reinste Entzücken, als ich sah, wer da aus dem Wagen sprang, erschrocken die Hand auf den Mund legte und zu mir geeilt kam, um mir zu helfen.

»Oh mein Gott! Ist Ihnen etwas passiert?«, hörte ich sie rufen, und diesmal klang ihre Stimme nicht förmlich wie in der Apotheke, sondern warm und teilnahmsvoll.

Sie beugte sich zu mir herab und versuchte mir aufzuhelfen. Ich sprang geradezu auf die Füße und sagte: »Lassen Sie nur, ich bin in Ordnung.«

»Der Anzug sieht ja schrecklich aus!«, rief sie bestürzt. »Ich bezahle Ihnen selbstverständlich die Reinigung – nein, der ist ja kaputt, oje, hier ist ein Loch! Ich bezahle Ihnen den ganzen Anzug!«

Ich lauschte der Musik ihrer Stimme und sah zu, wie sie mich anfasste, meinen Ellenbogen sacht drehte und mit traurigem Ernst ein paar Löchlein im ehedem hellgrauen und nun stellenweise geschwärzten Stoff betrachtete.

»Bezahlen ist in Ordnung«, sagte ich und versuchte ein harmloses Gesicht zu machen, »aber ich lege den Preis fest, einverstanden?«

Fragend sah sie mich an.

»Sie müssen mit mir essen gehen«, sagte ich klopfenden Herzens und präzisierte: »Ich möchte, dass Sie sich von mir zum Abendessen einladen lassen.«

»Aber Ihr Anzug ...«

»Vergessen Sie den«, sagte ich. »Ich ziehe einen anderen an, wenn wir zusammen ausgehen, versprochen.«

Der Hauch eines Lächelns flog über ihr Gesicht, verschwand aber sofort wieder.

»Ich würde Ihnen aber gern den Schaden ersetzen!«, beharrte sie.

»Das tun Sie, indem Sie meine Einladung annehmen.«

»Ist das Ihr Ernst?«

»Mein absoluter Ernst.«

»Na gut«, sagte sie nach einem kurzen Nachdenken mit einem Seufzer, der alles mögliche bedeuten konnte, »einverstanden. Wenn Sie meinen.«

Sie lief zum Auto zurück, fummelte ein Blatt Papier und einen Stift heraus, schrieb mir ihre Handynummer auf und fragte: »Soll ich Sie irgendwo hinfahren? Ich meine, so wie Sie aussehen ...«

Ich schüttelte den Kopf. »Das Rad ist in Ordnung. Ich muss nur noch mal nach Hause und mich umziehen.«

»Auf Wiedersehen!«, sagte sie und hielt mir ihre Hand hin. »Es tut mir wirklich leid!«

Ich drückte entzückt die dargebotene Hand.

»Und Sie sind ganz sicher«, fragte sie noch einmal, als sie bereits die Wagentür geöffnet hatte, »dass ich Ihnen den Anzug nicht ersetzen soll?«

»Absolut sicher«, entgegnete ich. »Auf bald!«

Mit einem Triumphgefühl im Bauch fuhr ich nach Hause, zog mich um und warf den Anzug in den Müll.

* * *

»Was, du gehst mit *ihr* essen?« Daniel würde mich wohl nicht ungläubiger angestarrt haben, wenn ich ihm offenbart hätte, dass ich ab sofort die Firma übernahm. »Das glaub ich nicht!«

»Doch, doch!«, beteuerte ich. »Morgen Abend.«

»Na, ich gratuliere!«

Unser Telefonat war kurz gewesen. Ich hatte ihr zwei Termine vorgeschlagen, einem stimmte sie zu, und als ich den Namen des Lokals nannte, fragte sie: »Echt?«, um dann hinzuzufügen: »Na gut, wie Sie meinen.«

»Mögen Sie den Laden nicht?«, fragte ich.

»Ich war dort noch nie«, gab sie zur Antwort. »Ich frage mich, wohin Sie mich einladen würden, wenn ich Sie obendrein noch verletzt hätte.«

Ihre Antwort sprach für einen gewissen Humor. Das fing doch ganz gut an.

Wie ich die Zeit bis zur fraglichen Stunde herumgebracht habe, weiß ich nicht mehr, jedenfalls dauerte es schrecklich lange. Kurz bevor ich das Haus verließ, sank mein Selbstwertgefühl gegen Null. Niemals wirst du diese Lippen küssen, sagte ich mir, niemals diesen Körper berühren. Warum sollte eine solche Frau sich von einem wie mir verführen lassen? Die Konstellation des Abends sprach doch Bände: Sie hatte mich über den Haufen gefahren, mir einen Anzug ruiniert, und zum Dank dafür lud ich sie in ein sündhaft teures Restaurant ein. Das war doch verrückt!

Ich hatte sie gefragt, ob ich sie mit dem Taxi abholen solle, doch sie wollte direkt ins Lokal kommen. Eine halbe Stunde vor der Zeit saß ich bereits dort, mit Blick auf den Eingang, und bestellte mir einen Espresso. Das Restaurant war ungefähr zu drei Vierteln gefüllt, und an den beiden Nachbartischen saß jeweils ein etwas älterer Herr mit einer deutlich jüngeren weiblichen Schönheit. Na, ihr Lustgreise werdet gleich Augen machen!, dachte ich. Aber was, wenn sie gar nicht kommen würde? Das wäre eine große Peinlichkeit; jeder hier, das Personal inklusive, würde denken: Ah, sieh an, seine Verabredung hat ihn versetzt! Obwohl er weiß Gott einiges für sie ausgeben wollte. Was muss er für eine Null sein, wenn sie dennoch nicht erscheint ...

Was tat man in solch einem Fall? Heimgehen? Allein essen? Sich betrinken?

Sicherheitshalber bestellte ich eine Flasche Weißwein und trank das erste Glas in hastigen Zügen aus. Das beruhigte mich etwas.

Exakt eine Viertelstunde nach der verabredeten Zeit betrat sie das Lokal. Für einen Moment verstummten die Gespräche an den anderen Tischen. Ein Kellner eilte, sie in Empfang zu nehmen, und ich erhob mich, um sie zu begrüßen. Den Kellner im Schlepptau schwebte sie auf mich zu, verfolgt von den Blicken der Umsitzenden. Sie trug einen knapp überknielangen anthrazitfarbenen Rock und eine weiße Bluse, auf die ihr tiefschwarzes Haar fiel. Diesen Anblick, wie sie mit einem Lächeln durch das Spalier der Tische auf mich zuschritt, werde ich wohl nie vergessen.

Ich hatte bereits fünfundvierzig Minuten und zweieinhalb Gläser lang auf sie gewartet, woran sie freilich unschuldig war, und befand mich mittlerweile in einer aus Melancholie und Verwegenheit seltsam gemischten Stimmung. Ich war mit mir übereingekommen, mir keinerlei Gedanken mehr zu machen, worauf das alles hinauslief beziehungsweise eben nicht hinauslief. Du befindest dich, hatte ich mir gesagt, in der Situation eines Fußballdrittligaklubs, der den Deutschen Meister zum Pokalspiel empfängt. Normalerweise hat er keine Chance, doch alle Jubeljahre passiert das Wunder, und der die gesamte Zeit souverän das Spiel bestimmende Champion unterliegt durch ein Kontertor des Außenseiters in der vorletzten Minute.

»Das ist aber ein schickes Restaurant, das Sie ausgesucht haben!«, sagte Ceylan, nachdem der Kellner den Stuhl unter ihr Gesäß geschoben und sie mir gegenüber Platz genommen hatte.

Ich bemühte mich zu fassen, dass sie mir gegenübersaß und zu mir sprach. Sollte ich sie gleich mit der Frage behelligen, warum sie wochenlang so getan hatte, als wüsste sie nicht, wer ich bin? Nein, das war unhöflich. Während ich noch über die Gesprächseröffnung nachsann, schenkte der Kellner mir eine Galgenfrist, indem er uns die Karten aushändigte. Ich begriff, dass ich gastronomisches Neuland betreten hatte, denn auf ihrer Karte fehlten die Preise. Die standen dafür auf meiner, und zwar hatte man sie dort im Gegenzug verdoppelt. Ich erwog, was mich der Abend kosten würde, rief mich aber schnell zur Ordnung und schlug das Fünf-Gänge-Menü vor.

Sie habe eigentlich gar nicht so viel Hunger, sagte Ceylan, sie sei mit irgendeinem Fischgericht und einem kleinen Salat vorweg vollauf zufrieden.

»Nun, dann essen wir Fisch und vorneweg einen kleinen Salat«, entschied ich. »Ein Glas Wein trinken Sie mit? Oder lieber Champagner?«

Sie entschied sich für Wein, ich bestellte irgendeines der verrückten Arrangements auf der Karte, eines aus Petersfisch und Knurrhahn, und wir stießen an.

»Ich trinke darauf, dass Sie keine Augen im Hinterkopf haben, denn sonst säßen wir nicht hier«, versuchte ich zu scherzen.

Sie entblößte zwei Reihen makelloser Zähne und nippte am Wein. »Oh, der ist gut!«, sagte sie. »Laden Sie öfter Frauen in solche Lokale ein?«

Was sollte *das* denn jetzt?

»Drei-, viermal die Woche«, gab ich zur Antwort. »Soviel mein Budget eben hergibt.«

»Sie verdienen gut?«

»Nein, sonst würde ich es ja jeden Tag tun.«

»Wo arbeiten Sie? In dieser Bank uns gegenüber?«

Mir wurde warm ums Herz. Sie kannte mich also doch.

»Wie kommen Sie darauf, dass ich dort arbeite?«

»Sie sehen so aus. Ihr Bankleute tragt alle die gleiche Kluft ... Ich hoffe, das war jetzt nicht beleidigend!«

»Ach was«, erwiderte ich, »zumal Sie mich ja trotzdem erkannt zu haben scheinen.«

»Klar«, sagte sie mit einem Lächeln. »Ein Kilo Vaseline wird selten gekauft. Ist es schon aufgebraucht?«

»Nein, es wird noch eine Weile reichen.«

»Sagen Sie rechtzeitig Bescheid, damit wir nachbestellen können!«

Der Salat wurde gebracht. Da der Wein leer war, bestellte ich eine neue Flasche. Sie ließ diesen Vorgang völlig unkommentiert, auch mimisch. Das fand ich reizend. Die Flasche wurde entkorkt, und ich prostete ihr zu. Ich begann die Situation zu genießen.

Wir aßen eine Weile schweigend, dann ergriff ich wieder das Wort.

»Darf ich Ihnen eine Frage stellen?«

»Bitte.«

Eigentlich wollte ich jetzt endlich fragen, warum sie mich nie grüßte, wenn sie mich doch kannte, doch ich traute mich noch immer nicht, sodass ich mich stattdessen erkundigte: »Ist dieser etwas grauhaarige Mann der Besitzer der Apotheke?«

»Grauhaarig?« Sie lachte beinahe boshaft auf. »Das ist seine Naturfarbe. Ja, das ist der Chef. Warum?«

»Und Sie – Sie sind mit ihm liiert?«

Sie musterte mich ein paar Sekunden lang, dann fragte sie: »Wie kommen Sie denn darauf?«

»Nur so eine Vermutung.«

»Was die Leute so alles vermuten ...«, sagte sie und zuckte mit den Schultern, als wollte sie zum Ausdruck bringen, dass sie für solcherlei Vermutungen nicht zuständig sei.

Die Ankunft des Fischs, diesmal von zwei Kellnern serviert, unterbrach den Dialog.

»Mm, der sieht aber lecker aus!«, summte sie.

»Na dann: Auf die Plätze, fertig, los!«, sagte ich.

Ein etwas schräg angesetzter Blick aus ihren Mandelaugen traf mich, mit dessen Deutung ich die nächste Minute beschäftigt war. Er konnte sowohl *Du bist ganz amüsant* bedeuten (Blicke duzen bekanntlich immer), aber auch: *Was bist denn du für ein Clown?*

Da sie keine Anstalten machte zu reden, fragte ich weiter.

»Sie sind Türkin?«

»Ja.«

»Sie stammen aus der Türkei?«

»Nein. Ich bin hier geboren. Mein Vater arbeitet in der Botschaft.«

»Dann sind Sie doch eher Deutsche, oder?«

»Finden Sie? Warum fragen Sie mich dann, ob ich Türkin bin?«

»Na ja, weil Sie türkisch aussehen.«

»Ich bin türkisch. Und zugleich deutsch. Aber die Herkunft wiegt immer schwerer.«

»Und Sie heißen Ceylan?«

Sie hob erstaunt die Augenbrauen. »Was Sie so alles wissen!«

»Nun ja, es steht auf den Kassenbons.«

»Stimmt«, sagte sie. »Sie müssen ziemlich viele Wehwehchen haben, so oft wie Sie zu uns kommen. Oder betreuen Sie kranke Angehörige?«

Ich muss wohl etwas ertappt ausgesehen haben. Sie legte die Fingerspitzen ihrer rechten Hand auf den Mund und sagte: »Entschuldigung, das war wohl ein bisschen indiskret!«

»Nein, machen Sie sich keine Gedanken«, gab ich zur Antwort. »Ich bin kerngesund, und meine Angehörigen leben gar nicht in dieser Stadt. Um die Wahrheit zu sagen, nichts von dem, was ich in Ihrer Apotheke gekauft habe, habe ich je gebraucht. Ich bin nur gekommen, um Sie zu sehen.«

Sie sah mich an mit einer Miene, in der absolut nicht zu lesen stand, ob diese Worte etwas bewirkt hatten: sphinxhaft, undurchdringlich, majestätisch. Irritiert nippte ich am Wein. Dergleichen hört sie gewiss ständig, dachte ich. Da sie aber auch nicht abwehrend reagiert hatte, beschloss ich, mit meinen Geständnissen fortzufahren.

Was genau ich ihr in der Folgezeit noch alles gesagt habe, darüber ist bereits in derselben Nacht das Gras des Vergessens gewachsen. Ich war ja nicht mehr so recht nüchtern, außerdem berauschte mich ihre Gegenwart in einer Weise, dass ich mich für die mit ihr verbrachten Stunden als nahezu unzurechnungsfähig einstufen muss. Ich erzählte ihr vermutlich alles, was ich in den vergangenen Monaten ihretwegen veranstaltet hatte, ich weiß es nicht und will es nicht wissen. Was ich ihr mit Sicherheit vortrug, waren Hymnen auf ihre Schönheit, soweit einer wie ich eben imstande ist, hymnisch zu werden. Jedenfalls war ich gerade dabei, sie mit Komplimenten zu überhäufen, sie unter Geständnissen zu begraben, mich um Kopf und Kragen zu offenbaren, als sie plötzlich über den Tisch griff und mir ihren Zeigefinger auf die Lippen legte.

»Ich hätte nicht kommen sollen«, sagte sie, und ich stürzte aus meinem siebten Himmel in ein unendlich tiefes Loch, was mir wohl anzusehen war, denn sie fuhr fort: »Nein, nicht Ihretwegen. Sie sind in Ordnung, Sie sind sogar süß. Hätte ich gewusst, dass es Sie so sehr kränkt, hätte ich Sie selbstverständlich immer gegrüßt. Aber ich, ich bin nicht wirklich schön. Ich weiß, dass es den Anschein hat, ich bin es aber nicht. Ich bin« – sie machte eine lange Pause und schlug dabei die Augen nieder – »eine Mogelpackung.«

»Wie bitte?« Ich verstand kein Wort.

»Wissen Sie, es ist einfach zu oft passiert. Ich bin ja auf den ersten Blick nicht unattraktiv ...«

Nicht unattraktiv! Wovon redete sie da?

»... aber Sie sehen nicht alles von mir.«

»Leider!«, erlaubte ich mir zu scherzen.

»Es ist passiert, als ich noch ein kleines Mädchen war. Ich war damals zu Besuch bei meinen Großeltern in der Türkei. Sie lebten auf dem Land, müssen Sie wissen, mein Vater war der Erste der Familie, der in die Stadt und dann ins Ausland ging. Ich fuhr auf einem Kinderfahrrad im Dorf herum, und bei einer Torausfahrt habe ich nicht aufgepasst. Ein Lkw hat mich erfasst und mich viele Meter mitgeschleift. Der Fahrer hatte nichts mitbekommen und bremste erst, als ein paar Leute ihn angeschrien hatten. Ich habe seitdem keine Haut mehr auf den Oberschenkeln, sondern nur ein Transplantat.« Sie sah mir tief und ernst in die Augen. »Es sieht aus wie bei einer alten Frau und fühlt sich an wie Pergament. Die gesamten Oberschenkel. Seit ich aus dem Krankenhaus entlassen wurde, war ich nie wieder baden. Nie wieder an irgendeinem Strand ...«

Sie brach ab.

In meinem Kopf lief alles durcheinander. Der Makel, nach dem ich schon am zweiten Tag gesucht hatte, um nicht an ihrem Anblick verrückt zu werden, existierte also doch. Dieses von aller Welt begehrte Geschöpf war ein partieller Krüppel, das heißt, um es in der Sprache meiner Branche zu sagen, ihr Kurswert sank rapide – ohne dass man ihr den Grund ansah, im Gegenteil, die mir da gegenübersaß, war nach wie vor die bezauberndste Frau, die ich jemals getroffen habe. Deshalb hast du ihre Beine nie unbekleidet gesehen, dachte ich. Es wird schon nicht so arg sein, sagte ich mir gleich darauf, schau dir diese Fee an, da kann man doch einen Makel in Kauf nehmen, er ist vielleicht deine einzige Chance! Tatsächlich war durch diese Gegenoffenbarung auf einmal so etwas wie Waffengleichheit zwischen uns hergestellt. Gleichzeitig stieg ein banges Gefühl in mir auf, ich fürchtete mich vor diesen Schenkeln, oder besser gesagt, ich befürchtete, dass ich mich vor ihnen ekeln – und versagen – könnte.

»Aber das ist doch nicht schlimm!«, beteuerte ich, und es war, als riefe ich mich selbst zur Ordnung. »Ein Fleck auf der Sonne, wen kümmert das?«

»Sie haben es nicht gesehen«, entgegnete sie.

Nun floss eine Rührung sondergleichen durch meine Brust. Ihr gesamter Hochmut, ihr herrlicher Stolz, das war alles nur Bluff, Verzweiflung, Selbstschutz, Angst vor Enttäuschung, Einsamkeit! Ich griff nach ihrer Hand, doch sie entwand sie mir wieder.

»Es würde mich nicht stören«, flüsterte ich.

»Es hat bis jetzt jeden gestört.«

»Es stört mich nicht die Bohne!«, fuhr ich nun so laut auf, dass man vom Nachbartisch verwundert zu uns herübersah.

»Es ist sehr lieb, dass Sie so tun, als wäre Ihnen das gleichgültig«, sagte sie mit fast sachlicher Kühle. »Aber ich werde keine neuen Versuche mehr wagen. Für mich ist dieses Thema beendet. So ist es eben.«

»Aber –«

»Können wir von etwas anderem reden?«

Das taten wir denn. Der Zauber des Abends starb. Ich konnte es nicht fassen, doch es passierte einfach. Ich verlor zunehmend das Interesse an ihr. Beim Abschied – wir nahmen wieder getrennte Taxis – schwor ich ihr, dass ich niemals einem Menschen gegenüber ein Wort über das verlieren würde, was sie mir heute gestanden hatte, woraufhin sie lächelte und mir einen Kuss auf die Wange gab.

Daheim trank ich noch ein paar Flaschen Bier, um über diesen seltsamen Abend nachzudenken. Wirklich unglücklich bin ich nicht gewesen. Ich hätte sie womöglich haben können, wenn ich mich mehr um sie bemüht hätte, aber sie war nicht mehr sie. Ich spürte eine große Traurigkeit und zugleich eine gewisse Erleichterung. Vielleicht war die Erleichterung sogar größer als die Traurigkeit. Immerhin war ich jetzt diesen Verehrungsstress los. Ich musste diese Frau nicht mehr als eine für mich unerreichbare Göttin betrachten und mich minderwertig fühlen. Sie war sozusagen eine von uns geworden, ein Mängelwesen wie du und ich. Der schöne Traum war ausgeträumt.

Die nächsten Tage mied ich den Meistersingerplatz. Ich ging nicht mehr in die Apotheke. Auch die Bibliothek betrat ich nicht wieder. Ich bereute zutiefst, dass ich vor

Daniel mit meinem anstehenden Date geprahlt hatte, denn ich musste ihm ja nun erzählen, was dabei herausgekommen war. Selbstverständlich verschwieg ich die Wahrheit. Ich sagte nur, dass es sehr reizend gewesen sei. Das befriedigte ihn nicht sonderlich.

»Du bist abgeblitzt, nicht wahr?«

Ich nickte. So viel war ich der schönen Ceylan schuldig.

»Na ja«, murmelte er, »alles andere wäre auch ein Wunder gewesen. So eine Göttin schleppt man doch nicht einfach mal so ab! Trefft ihr euch wieder?«

Ich schüttelte den Kopf.

»Nimms nicht so schwer! Immerhin bist du mit ihr ausgegangen, das ist schon ein Privileg.«

Einmal habe ich Ceylan noch auf dem Platz getroffen, in der üblichen Konstellation. Wir liefen uns entgegen, diesmal grüßte sie zurück, mit einem flüchtigen Lächeln, aus dem ich ein gewisses Peinlichkeitsempfinden mir gegenüber las, der ich jetzt ihr Geheimnis kannte. Sie schritt mit ihrem unvergleichlichen Gang an mir vorüber. Du Arme!, dachte ich. Zugleich fühlte ich mich gegenüber all den anderen Männern hier tatsächlich privilegiert. Ich wusste etwas von ihr, das sie allesamt nie erfahren würden.

Etwas später erhielt ich das Angebot, mich auf einen Posten im Ausland versetzen zu lassen. Fast genau ein Jahr nachdem ich die schöne Apothekerin mit dem traurigen Geheimnis zum ersten Mal gesehen hatte, Mitte August, zog ich um.

* * *

Ungefähr einen Monat darauf erhielt ich eine E-Mail von Daniel, der im Stammsitz der Firma geblieben war und zwei Septemberwochen mit Frau und Kindern an der Adria verbrachte. »Du wirst nicht glauben«, schrieb er, »wen ich hier am Strand getroffen habe: die schöne Apothekerin! Sie wohnt mit dem blonden Apotheker im selben Hotel wie wir. Natürlich tut sie so, als hätte sie mich noch nie gesehen. Ich habe ihr gestern am Strand beim Volleyballspielen zugeschaut, eine halbe Stunde lang, dann konnte ichs nicht mehr aushalten. Mein Gott, dieses rattenscharfe Teil, und noch dazu mit einem nahezu Nichts von Bikini auf dem Leib! Dieser Körper, diese seidige, braune Haut! Du hattest damals völlig recht: Es ist Folter. Sei froh, dass Du sie nicht mehr ständig sehen musst!«

WIE STERBEN?

Nach dreieinhalbstündiger Arbeit in der auf technischem Höchststand eingerichteten Küche hatte die Hausfrau ein Vier-Gänge-Menü für die abendlichen Gäste zubereitet. Es waren derer fünf, und zwar, in der Reihenfolge ihres Erscheinens: ein promovierter Philosoph, der seinen Lebensunterhalt als Leiter eines Archivs verdiente, ein Innenarchitekt, der zugleich oder womöglich vor allem Extremsportler war, eine Journalistin, die bei einer linksliberalen Wochenzeitung arbeitete, eine Schauspielerin, deren Bekanntheitsgrad deutlich unter jenem ihrer in Teilen noch erhaltenen Schönheit lag, sowie ein Scheidungsanwalt, der zu jenem Typus Mensch zählte, den man gern den komplett desillusionierten nennt, wobei sich dies in seinem Fall überwiegend auf das Geschlechterverhältnis bezog. Alle Gäste waren Freunde und obendrein Altersgenossen jenes Arztes, dessen Frau – exakt formuliert, dessen Partnerin – das Mahl bereitet hatte.

Die Gastgeberin, schlank, mittelblond, war eine attraktive Frau, wenngleich auf eine etwas banalere, gesündere, unkompliziertere Art als die Schauspielerin – sie war ja auch deutlich jünger. Überdies war sie nicht wirklich Hausfrau, sondern hatte lediglich gekocht. Wenn sie dies nicht tat, studierte sie Betriebswirtschaft, und sie war sich noch nicht hundertprozentig im Klaren darüber, welche der beiden Tätigkeiten die ihr angemessenere sei. Der Arzt, ein von seinem Professor längst zum Nachfolger für den Posten des Stationschefs erkorener Chirurg, hätte es allerdings nicht gern gesehen, wenn sie den lieben langen Tag daheim verbracht und dort ihren ohnehin für seine Begriffe viel zu ausgeprägten Kinderwunsch noch weiter vertieft hätte. Er hatte, wie die anderen Anwesenden mit

Ausnahme seiner Partnerin, vor Kurzem die vierzig überschritten und zahlte für zwei Kinder aus erster Ehe.

Das Abendessen fand in einer Altbau-Etagenwohnung statt, von deren größtem Zimmer, in welchem die gedeckte Tafel stand, eine Glastür auf den Balkon führte. Draußen begann ein schwülwarmer Augustabend, weshalb die Balkontür weit offenstand. Zum Schutz gegen Mücken war der Gazevorhang zugezogen. An der Wand gegenüber hing ein Baselitz. Man hatte zur Begrüßung Champagner getrunken und zur Vorspeise, einem Hummergratin, einen südafrikanischen Chardonnay. Nun rieb man sich, von den Düften aus der Küche animiert, in Erwartung des Hauptgangs vorfreudig die Hände; der Philosoph buchstäblich, die anderen sozusagen. Möglicherweise freute sich der Philosoph am meisten auf das Essen, weil er am wenigsten verdiente. Dass man bei jenem Arzt ausgezeichnet bewirtet wurde, war jedenfalls die Erfahrung aller.

Bislang hatte eine unbedenkliche Heiterkeit geherrscht, aber mitten in das von einem vielstimmigen »Ah!« und »Hmm!« begleitete Auftragen des provenzalischen Kaninchenrückens mit einer Tapenade aus schwarzen Oliven, Knoblauch und Anchovis, wozu der Chirurg, lauthals seine Vergesslichkeit rügend, in einem seinem Berufsstand wirklich Ehre machenden Tempo drei Flaschen einer Grenache-Carignan-Shiraz-Cuvée aus dem Languedoc entkorkte – mitten also in diese kulminierende kollektive Daseinsfreude platzte die Journalistin mit einer Frage, welche die Stimmung sofort einfror.

Wie zur Untermalung fuhr in diesem Moment ein ungewöhnlich frischer Windhauch durchs Zimmer, die Vorhänge blähten sich segelgleich und die Kerzen flackerten heftig. Der Teufel hat am Tisch Platz genommen, dachte der Philosoph. Er dachte öfter solche Sachen.

Die Journalistin hatte nämlich gefragt, wie es eigentlich Martin ging.

Martin, von Beruf Chemiker und eine reizende Mischung aus Workaholic und Gourmand, war normalerweise ein fester Bestandteil dieser Runde, und er hätte mit am Tisch gesessen, gewaltig zugelangt und den Kreis mit seinen lakonischen Scherzen amüsiert, wenn, ja wenn er nicht vor fünf Wochen von einem Schlaganfall niedergestreckt worden wäre. Nun lag er im Krankenhaus, unfähig, zu sprechen und irgendeinen Körperteil außer dem Kopf und dem linken Arm zu rühren. Als der Schlag ihn fällte, hatte er, wie so oft, auch am Wochenende im Institut gearbeitet und dort dann an die fünfzehn Stunden bewegungsunfähig auf dem Fußboden des Labors gelegen, bis endlich der Nachtpförtner auf ihn gestoßen war und den Notarzt alarmiert hatte. Martin war sechsundvierzig Jahre alt, Single und hatte außer seiner alten, im Ausland lebenden Mutter niemanden, der in einer familiären oder körperlichen Bindung zu ihm stand und sich um ihn kümmern konnte. Die Erwähnung seines Namens erinnerte nicht nur an die Fatalität allen Daseins, sie tangierte auch das schlechte Gewissen sämtlicher Anwesenden. In der ersten Woche von Martins Krankenhausaufenthalt hatte ihn noch jeder mindestens einmal besucht, in der zweiten Woche hatte der eine oder andere, darunter die Journalistin, keine Zeit gehabt, in der dritten war auch der Innenarchitekt ferngeblieben, weil er eine von langer Hand geplante Mountainbiketour auf Kreta nicht verschieben konnte, und so war das Besucherrinnsal allmählich ausgetrocknet. In der vergangenen Woche hatte der Gelähmte keinen der hier am Tisch Sitzenden mehr zu Gesicht bekommen.

Es hätte im Sinne einer ungestörten Menüfolge also kaum unpassender gefragt werden können, und die Journalistin sah sofort ein, dass sie durchaus bis zum Espresso hätte warten sollen. Ihre Frage schwebte zwar nicht unbedingt bedrohlich über der Tafel, aber als Stimmungskiller wirkte sie durchschlagend. Der Philosoph bezog sie als Erster auf sich, indem er bemerkte: »Ich habe es schon seit einigen Tagen nicht mehr geschafft, ihn zu sehen.«

»Ich auch nicht«, sekundierte die Schauspielerin eher zerstreut als schuldbewusst. »Die Toten unter die Erde, die Lebenden an den Tisch«, dachte derweil der Innenarchitekt vor allem im Sinne der Lebenden und des Tisches, und er würde es laut gesagt haben, wenn es denn einen Toten gegeben hätte. Er war tagsüber hundert Kilometer Rennrad gefahren und zwanzig Kilometer gelaufen, und er pflegte nach solchen Vitalitätsbekundungen das anschließende Hungergefühl als nicht minder vitale Herausforderung zu betrachten. Nach seiner Ansicht war es das Beste, wenn Martin in diesem Zustand möglichst schnell über die Wupper ging.

»Vielleicht geht es ihm ja inzwischen etwas besser«, murmelte der Anwalt.

»Das ist wenig wahrscheinlich«, widersprach der Gastgeber mit der Sachlichkeit seines Berufsstandes. »Fünfzehn Stunden, das war zu viel. Vielleicht kann er sein Sprachzentrum wieder aktivieren, allenfalls das linke Bein, aber die andere Seite …«

Er winkte ab und schüttelte ein paarmal den Kopf.

»Das heißt, er wird für immer ein Pflegefall bleiben?«, erkundigte sich die Journalistin.

Der Arzt zuckte mit den Schultern, als wollte er sagen, dass gerade er dafür nun am allerwenigsten verantwortlich zu machen sei.

»Und nie mehr dort rauskommen?«

»Dort raus vielleicht. Aber nie wieder nach Hause.«

Alle schwiegen und stocherten in ihrem Essen. Die Schauspielerin, die ohnehin zu dünn war, wie die Journalistin fand, die aber auf ihre gazellenhafte Schlankheit großen Wert legte, hatte ihren nahezu unberührten Teller bereits von sich geschoben. Der Innenarchitekt tat so, als hätte es ihm ebenfalls den Appetit verschlagen, während er auf einen Stimmungsumschwung hoffte, der es ihm ermöglichen würde, das Mahl fortzusetzen. Lediglich der Arzt aß mit ungebrochener Lust weiter. Er hatte am Vormittag zwei formvollendete, aber leider verkrebste Brüste amputiert und war durch eine wie auch immer geartete körperliche Hinfälligkeit nicht bis in seine Grundfesten zu erschüttern.

Das ermutigte den hungrigen Innenarchitekten zu der halblauten Bemerkung: »Martin hat nichts davon, wenn wir das gute Essen –«

»Stellt euch das mal vor: nie wieder nach Hause!«, fiel ihm die Schauspielerin ins Wort. »Und zwar einfach so, mitten im Leben! Ihr seid hier eben noch glücklich, gut gelaunt und voller Pläne, und dann brecht ihr zusammen, man karrt euch irgendwohin, und ihr werdet euer Zuhause nie wieder betreten. Irgendwelche fremden Leute werden es irgendwann ausräumen.«

»Du brauchst dir doch nun wirklich keine Sorgen zu machen, schlank wie du bist!«, erklärte nun der Arzt und nahm einen gewaltigen Schluck Rotwein. Schlank, dachte er, war die junge Frau auf seinem OP-Tisch heute allerdings auch gewesen.

»Weiß der Himmel, dann passiert eben etwas anderes«, entgegnete die Schauspielerin tonlos. »Wir wissen ja nichts von dem, was kommt. Der Schlag, der uns fällt, ist vielleicht schon unterwegs, und wir haben keine Ahnung davon.«

Sogar in die von gewohnheitsmäßig vorgetäuschter Jovialität verwüstete Miene des Anwalts schrieb sich nun so etwas wie Betretenheit, während er sprach: »Mitte vierzig, und dann schon das! Und er hat niemanden, der ihn pflegt. Wer soll das bezahlen?«

»Weil er keinen Sport getrieben hat«, entschied der Innenarchitekt. »Also ich würde mich umbringen. Vorausgesetzt, ich könnte es noch. Das ist ja die allerschrecklichste Vorstellung: wochenlang, monatelang, jahrelang mit wachem Verstand daliegen und nicht Hand an sich legen können, nicht mal bis zur Balkonbrüstung kommen, um sich hinüberzurollen. Lebendig begraben im eigenen Körper! Brrr!«

Nun aß keiner mehr. Die Gastgeberin, die den Abwesenden nicht so gut kannte wie die anderen am Tisch und sich um den Lohn für ihre Mühen gebracht sah, fragte mit leisem Sarkasmus: »Mag noch jemand etwas essen, bevor er stirbt?«

Der Philosoph tat, als besinne er sich, und schob einen Bissen Fleisch in den Mund.

Der Innenarchitekt verzehrte verstohlen ein dreimal so großes Stück, während der Anwalt Wein nachschenkte.

Eine Weile herrschte Schweigen. Von unten drang schwach das überall auf der Welt gleich klingende Geräusch städtischen Nachtlebens herauf. In diese von einem leichten Summen grundierte Stille hinein fragte die Schauspielerin sinnend: »Wie möchtet ihr denn einmal sterben? Ich meine, wenn ihr die Wahl hättet?«

»Gute Frage!«, befand der Arzt.

»Eine ausgezeichnete Frage!«, steigerte der Philosoph.

»Eine blöde Frage!«, widersprach der Anwalt. »Es trifft ja doch jeden, wo und wenn er es nicht erwartet. Letztlich entscheidet nur der Selbstmörder über sein Ende, aber der tut es ja auch wieder nicht freiwillig.«

»Nun ist aber gefragt, wie wir sterben wollen würden, wenn wir die Wahl hätten. Das ist etwas anderes«, widersprach der Philosoph. »Das finde ich wirklich interessant. Ich meine, die Leute unterscheiden sich nach Beruf, Kleidung, Partnerwahl, Automarke, Lektürepräferenzen, Musikgeschmack und dergleichen – was liegt eigentlich näher, als dass man sich auch nach dem jeweiligen Todeswunsch unterscheidet.«

»Na, dann fang du doch mal mit deiner Lieblingstodesart an, du bist doch hier der Sachverständige für die letzten Dinge«, versetzte der Anwalt launig, froh darüber, dass sich der Gesprächsinhalt von Martin zu entfernen begann, »während ich allenfalls mal für einen letzten Willen zuständig bin.«

Die Stimmung entkrampfte sich allmählich. Der Philosoph, dem alle auf diese Bemerkung hin ihre Aufmerksamkeit zuwandten, hatte auf diese Frage keine spontane Antwort, also behalf er sich einstweilen mit einem historischen Exkurs. Die anderen nutzten die Gelegenheit und rückten den leider bereits kalt gewordenen Resten des provenzalischen Kaninchens zu Leibe. Währenddessen erzählte der Philosoph vom Tod des Empedokles, der sich in den Krater des Ätna gestürzt hatte (wobei der Redner nicht anzumerken vergaß, dass der Vulkan eine Sandale des Denkers oder gar beide wieder ausgespien haben soll), von der erzwungenen Selbstvergiftung des Sokrates (»das erste Todesopfer der Demokratie«, wie er scherzhaft anmerkte), und dann kam er auf Seneca zu sprechen, welcher wiederum, so der Redner, »den exemplarischen Aristokratensuizid« vollzogen habe, nämlich indem er sich in der Badewanne von einem Sklaven die Pulsadern habe öffnen lassen, um bei allmählich schwindendem Bewusstsein sein Leben stilvoll und vor allem schmerzfrei auszuhauchen.

»Hm!«, machte der Innenarchitekt, den etwas an dieser Sterbensweise anzusprechen schien.

Der Philosoph wechselte von den Selbsttötungen zur Schilderung des, wie er ausführte, »vollendeten natürlichen Gelehrtentodes« und beschrieb, wie Johann Gottlieb Fichte noch seinen Namen unter die abgeschlossene *Wissenschaftslehre* von 1814 geschrieben hatte, als ihn Gevatter Tod mit jähem Schlag umsenste, was auf dem Manuskript so aussah, dass Fichtes Federstrich, vom letzten Buchstaben der Unterschrift ausgehend, schnurgerade senkrecht das Blatt verließ.

»Ich vermute, so möchtest du auch sterben«, bemerkte die Schauspielerin.

»Ach, ich!«, erwiderte der Philosoph und lächelte treuherzig. »Das würde ja voraussetzen, dass ich etwas zum finalen Unterzeichnen geschrieben haben werde. Nein, ich habe kein Lebenswerk und werde wohl nie eins verfassen, ich bin absolut ungenial. Außerdem schreibe ich am Computer, ich könnte gar nicht über einem handschriftlichen Manuskript verröcheln wie Fichte, sondern bestenfalls mit dem Kopf auf die Tastatur plumpsen.«

Der Arzt lachte kurz auf, weil er sich gerade vorstellte, wie er während einer Operation mit dem Kopf voran in einen aufgeschnittenen Bauch fiel. Seine Freundin sah ihn von der Seite an und erkundigte sich: »Was gibts? Ist dir gerade dein Lieblingstod eingefallen?«

»Natürlich in deinen Armen, Schatz!«

»Vor, während oder nach dem Orgasmus?«, fragte der Anwalt.

»Jetzt muss man wohl ›während‹ sagen«, antwortete der Arzt. »Aber wenn ichs mir recht überlege, will ich das keiner Frau antun, schon gar nicht der eigenen.«

»Aber ich bin gar nicht deine Frau!«, versetzte die Gastgeberin spitz.

»Also wenn wir schon mal beim Mit-dem-Kopf-irgendwo-Reinplumpsen waren, so habe ich mich jetzt entschieden«, ergriff wieder der Philosoph das Wort: »Ich möchte, wenn ich sterbe, mit dem Gesicht voran in eine warme Polenta fallen und, während ich meinen letzten Seufzer tue, noch mit der Zunge nach einem wunderbar kross gebratenen Steinpilz langen.«

Er schloss die Augen, spitzte die Lippen und hauchte dem imaginierten finalen Bissen einen Kuss zu.

Alle mussten lachen.

»Beim Sex und beim Essen, das dürften wohl die beiden von aller Welt bevorzugten Varianten sein«, ließ sich der Anwalt vernehmen.

»Also ich würde nach reiflicher Überlegung für eine dritte plädieren«, sagte der Innenarchitekt.

»Du willst bestimmt auf dem Rennrad einen Herzkasper kriegen, was?«

»Auf dem Rad ginge auch, Hauptsache aber, es passiert in den Bergen!«, erklärte der Innenarchitekt mit Nachdruck. »Was meint ihr, warum die Indianer zum Sterben auf Berge gegangen sind?«

»Speziell die Prärie-Indianer«, witzelte der Philosoph, der ein Sportverächter war.

Der Innenarchitekt ignorierte diese Bemerkung und fuhr fort: »Ich glaube, dass man im Hochgebirge einen guten Tod stirbt. Die auf den Achttausendern umkamen, haben ein wirklich exklusives, erhabenes Ende gefunden. Was will der Mensch mehr, als sozusagen auf dem Gipfel der Welt dem Tod zu begegnen? Über den Wolken, über dem Lärm und dem Mief der Städte, in der Reinheit des ewigen Eises! Mit einem 180er-Pulsschlag und einem Blick in die Unendlichkeit zusammensinken – das ist doch das größtmögliche Gegenteil von Krankenhaus, Beatmungsgerät, Infusionsschläuchen und dem Gestank aus Kackpfannen ...«

»Und die Kälte, die Verlorenheit dort oben«, wandte die Gastgeberin ein, »die Ferne von allem, was wärmt, von den Menschen, die man liebt? Diese Gottverlassenheit?«

»Nein, Gottesnähe!«, widersprach der Innenarchitekt und war von diesem Gedanken selbst überrascht, denn es gab nichts in ihm, was mit solchen Spekulationen je geliebäugelt hätte. Zwar war er abergläubisch und trug stets mehrere Talismane am Körper, wenn er, zu Fuß oder auf dem Rad, ins Gebirge aufbrach, aber auf keiner seiner Touren war ihm je Gott begegnet. Vielleicht war es der Wein, der ihm in Verbindung mit dem Gesprächsthema einen plötzlichen Geschmack am Spirituellen eingegeben hatte.

»Ich weiß nicht, ob man Gott oder dem Großenganzen dort näher ist«, befand der Philosoph, während der Arzt neuen Wein herbeischaffte und allen die Gläser nachfüllte. »Die monströse Unwirtlichkeit der Berge ist ja eine Art Vorstufe zur noch monströseren Lebensfeindlichkeit des Alls«, dozierte er. »Man mag darüber streiten, ob dieser gewaltige Unsinn eindrucksvoller oder gar erhabener ist als das kleinste menschenfreundliche Kaminfeuer, an dem ich jedenfalls lieber sitze als auf irgendwelchen Bergen.«

»Nun, der Mensch ist selbst ein solches kleines Feuer«, erklärte der Arzt, während er die leeren Flaschen einsammelte. »Mich hat immer die Vorstellung fasziniert, dass ein zum Südpol marschierender Verrückter, so gering seine Energiebilanz sich gegenüber den dort tobenden Elementen ausnimmt, es doch schafft, seine Temperatur zu halten und dabei seine Umgebung zwar extrem minimal, aber theoretisch messbar zu erwärmen.«

Während er die Flaschen in die Küche trug, wurde am Tisch gegrübelt, ob dieser Gedanke weiterer Erörterung wert war oder in eine Sackgasse führte.

»Aber wenn er stirbt, hält er die Temperatur doch gerade nicht!«, sagte weise der Anwalt.

»Ich suche auf den Bergen in Wirklichkeit nicht Gott, sondern mich«, erklärte nun der Innenarchitekt, der von den theologischen Spekulationen wieder zu seinen beiden Götzen Adrenalin und Endorphin zurückgefunden hatte.

»Und? Bist du dir schon begegnet?«, erkundigte sich der Philosoph.

»Ach, du alter Stubenhocker, was weißt du schon vom Limit!«

»Es gibt auch ein Denklimit ...«

»Wir sprachen, glaube ich, übers Sterben und nicht über Limitfindung«, schritt die Journalistin ein.

»Eben!«, rief der Architekt. »Oder ist schon mal einer am Denklimit gestorben?«

»Hat schon mal einer am Konditionslimit etwas Vernünftiges geschaffen?«, ließ sich der Philosoph jetzt auf einen Streit ein.

»Ja«, antwortete der Innenarchitekt und wurde wieder ganz ruhig, als besänne er sich. »Beim Bau der Pyramiden zum Beispiel. Vielleicht auch beim Mondflug. Aber du hast natürlich recht, die meisten Leute werden am Konditionslimit zu Idioten.«

»Also ich möchte am Meer sterben«, sagte nun die Schauspielerin nachdenklich und ein seelenvoller Zug trat auf ihr Antlitz. »In der Sonne sitzen, hinausschauen ins unendliche Blau, die Wellen anrollen hören, die seit Jahrmillionen anrollen und es noch Jahrmillionen tun werden. Sich in seiner Nichtigkeit und doch Zugehörigkeit zum Ganzen wahrnehmen, mit der Ewigkeit Zwiesprache halten und in sie eingehen ...«

Schweigend erwog die Runde diese Variante, und von den Gesichtern ließ sich ablesen, dass von den bisher vorgetragenen Todesarten diese bei allen als plausibelste durchgehen würde.

»Nicht auf der Bühne?«, fragte nach einer Weile dennoch die Journalistin.

»Vor Publikum? Nein!«, rief die Schauspielerin, als wäre ihr die Vorstellung, irgendetwas vor Zuschauern zu tun, am alleruneigentümlichsten. »Wer weiß, was unsereiner für eine Figur beim Sterben macht.«

»Es sind schon einige Schauspieler und Opernsänger auf der Bühne gestorben, und sogar Dirigenten im Orchestergraben«, insistierte die Journalistin.

»Der Himmel soll mich davor bewahren!«, seufzte die Schauspielerin.

»Zum Beispiel als Maria Stuart«, beharrte die Journalistin.

»Dann schon als Ranjewskaja«, sagte die Mimin, und ihr Blick wurde starr, als ob sie ihn in ihr Inneres lenkte. »Als Ranjewskaja sterben hätte etwas Folgerichtiges. Es bleibt ja nur der alte Diener im Haus zurück, weil sie ihn vergessen und eingeschlossen haben, und die Ranjewskaja folgt einem idiotischen Ruf des Herzens zu einem Hallodri, der sie nicht liebt und sie nur ausnutzt. Ich vermisse sonst nichts bei Tschechow, aber wo ist der Mensch, der im Kirschgarten bleibt, weil er einfach nicht wissen will, wie es weitergeht, und schon gar nicht dabei sein mag, wenn es weitergeht? Der eher mit dem schönen alten Kirschgarten zugrunde gehen will, als sich wieder in dieses dumme, eitle, abgeschmackte Leben zurückzubegeben? Schaut euch doch mal um, wie diese Welt aussieht und wohin sie sich entwickelt! Wer will das denn noch?«

Alle schwiegen, weil keiner so genau wusste, was sie meinte. Sie war hübsch, und trotzdem hatte sie immer Probleme mit den Kerlen, dachte der Philosoph, der sich im Laufe der Jahre und Enttäuschungen abgewöhnt hatte, diese Frau zu begehren. Der Anwalt, der von allen am meisten getrunken hatte, sagte schließlich leicht lallend: »Du musst dich schon entscheiden. Willst du am Meer sterben oder im Kirschgarten?«

Er schien ernsthaft eine Auskunft zu erwarten, während die Schauspielerin nicht daran dachte, auf diese unsinnige Frage zu reagieren. Rettend schritt die Gastgeberin ein, indem sie fragte: »Und du? Möchtest du vielleicht auch auf einem Berg dein Leben beenden?«

»Ich?« Der Anwalt schien zu überlegen, wer dieses Rechtssubjekt sei und ob sich dessen Vertretung lohne.

»Auf einem Berg Akten vielleicht«, witzelte der Innenarchitekt.

Der Anwalt sah ihn glasigen Blicks an. »Jawohl«, brachte er schließlich mit schwerer Zunge hervor. »Auf einem Berg, nämlich auf einem Schamberg. In kompletter Verantwortungslosigkeit und juristisch folgenfrei. Also am besten in den Armen einer Hure.«

Die Herren am Tisch schmunzelten.

»Was halten denn die Damen von dieser Version?«, ergriff der Philosoph das Wort. »Würde es euch konvenieren, unter einem Mann zu verscheiden?«

»Wieso unter?«, fragte schnippisch die Journalistin.

»›Verscheiden‹ ist das passende Wort«, spöttelte die Gastgeberin.

Mehr kam nicht als Antwort. Sterben beim Beischlaf war wohl doch eher eine männliche Vorstellung.

Der Anwalt lebte übrigens, wie die Schauspielerin und der Philosoph, als sogenannter Single. Die Journalistin war verheiratet, aber kinderlos, der Innenarchitekt mit einer Marathonläuferin liiert, die ein Kind mit in die Beziehung gebracht hatte. Eigenen Nachwuchs besaß an diesem Tisch einzig der Gastgeber. Der wurde nun genötigt, sich als der eigentliche Experte zum Thema zu äußern: welchen Tod *er* denn für erstrebenswert halte.

Der Arzt überlegte nicht lange und plädierte für einen überraschenden und plötzlichen Abgang.

»Ich weiß«, wandte er sich an den Philosophen, »das ist nicht deine Einstellung, die Weisen plädieren für den bewussten, vorbereiteten, sozusagen den lange eingeübten Tod – aber die Weisen haben nicht so viel Erfahrung mit dem Tod wie ich. Ihr fragt nach dem Wie. Ich würde vor allem nach dem Wie-lange fragen. Sterben kann nämlich verflucht lange dauern. Wenn wir die Kandidaten nicht regelmäßig mit Mittelchen beglücken würden, nach denen draußen die Polizei fahndet, wäre es fürchterlich. Für beide Seiten übrigens. Schaut, ich habe heute einer Frau beide Brüste amputiert, es waren prachtvolle Brüste, und nun liegt dieses blühende Fleisch in der Tonne, und sie wird vermutlich trotzdem sterben.« Er trank einen seiner großen Schlucke Wein und fuhr fort: »Ich sehe sie ja dauernd eingehen auf meiner Station. Man stumpft natürlich ab, außerdem hat man zu tun, nur zusehen und nichts zu tun haben, da würde man verrückt, und viele Patienten werden ja auch wieder gesund, denen hat man kurzzeitig geholfen. Aber immer kommen neue, um zu überleben oder zu sterben, es ist schon ein irrer Umschlagbahnhof, so eine Klinik, sie kommen rein und die einen gehen wieder auf eigenen Füßen hinaus, die anderen werden geschoben, und von denen, die gegangen sind, kommen halt viele irgendwann wieder, um am Ende hinausgeschoben zu werden, und das Leben produziert immer neue Todeskandidaten. Aber alle, die zu uns kommen, sind zugleich Leidenskandidaten, sie sterben entschieden zu langsam. Der langen Rede kurzer Sinn: Daheim sollte es passieren, schnell und schmerzlos, ein Hirnschlag am besten und drüben ist man im Handumdrehen. Aber natürlich ist die Wahrscheinlichkeit höher, dass uns eines Tages ein Tumor oder ein Virus quälend langsam dahinrafft.«

Ein ausgedehntes Schweigen folgte diesen Worten. Allmählich schien das Thema erschöpft zu sein. Die beträchtliche Menge des genossenen Weines tat ein Übriges. Der Anwalt döste bereits halb. Die aufmerksame Gastgeberin trug Espresso auf, um der Runde neue Vitalität einzuhauchen.

»Wir haben noch nicht über den Selbstmord gesprochen«, versuchte der Philosoph den Faden wieder aufzunehmen.

»Darauf könnte die ganze Chose allerdings auch hinauslaufen«, murmelte der Anwalt, der wieder zu sich gekommen war.

»Welches Gift würdest du denn empfehlen?«, fragte der Philosoph den Arzt. »Zyanid?«

»Das wirkt zwar todsicher, aber zu brachial«, bekam er zur Antwort. »Nein, am besten irgendein überdosiertes Opiat.«

»Interessant, dass wir sofort zum Gift kommen«, sagte die Schauspielerin. »Der moderne Mensch will sogar den Suizid möglichst unbewusst und schmerzarm über die Bühne bringen. Wenn es schon sein müsste, würde ich die Camus-Art bevorzugen und mit dem Auto über eine Klippe rasen.«

Man habe, warf nun die Journalistin ein, zwar viel über die Art des Sterbens, aber nicht über das dafür wünschenswerte Alter gesprochen.

»Im Alter stirbt man aus Mangel an Kraft, in der Jugend aus einem Übermaß an Kraft«, erklärte der Innenarchitekt.

»Ich möchte in diesem Sinne jung sterben. Alt werden und trotzdem wie jung sterben, aus Kräfteüberschuss«, präzisierte er.

Aber man hörte ihm nicht mal mehr mit halbem Ohr zu. Die Runde befand sich im Zustand allmählicher Auflösung. Es wurde Zeit für den Aufbruch. Man erhob sich und ging auf den Flur.

»Aber du hast heute Abend gar nichts zu unserem Thema gesagt!«, sagte der Philosoph beim Abschied zur Gastgeberin.

»Ich? Na ja, ich bin ja auch mit Abstand die Jüngste hier am Tisch. Was soll ich sagen? Mir fällt auf, dass hier jeder immer nur so von seinem Sterben geredet hat, als wäre er ganz allein auf der Welt. Mir soll es vollkommen egal sein, wie ich einmal sterbe, wenn ich nur Kinder haben werde und keines von ihnen vor mir stirbt!«

* * *

Als Erster aus der Runde verschied der Innenarchitekt. Sein Tod hatte durchaus, wie gewünscht, mit dem Sport zu tun. Seine Hüfte hatte sich auf die Dauer nur noch als bedingt hochgebirgstauglich erwiesen, und statt ihr etwas Ruhe zu gönnen, hatte er sie operieren lassen, zweimal sogar, und er musste nach jedem Eingriff an Krücken gehen. Der anhaltende Bewegungsmangel bei geringen Besserungsaussichten versetzte ihn in eine seelische Krise, die eines Abends, nachdem er eine Flasche Whisky geleert hatte, in der Einsicht gipfelte, dass er sein Selbstgefühl, sein Wohlbefinden, ja sein Glück letztlich an Nichtigkeiten geknüpft hatte. Er konnte diese Überlegungen aber zu keinem Ende führen, denn als er, ohne die verhassten Krücken auf einem Bein hüpfend, auf dem Balkon frische Luft schöpfte, verlor er das Gleichgewicht, stürzte über das Geländer und brach sich unter anderem das Genick.

Die Journalistin wurde etwas später von einem Tumor hinweggerafft, der ausgerechnet in ihrer niemals benutzten Gebärmutter wucherte und in einem die behandelnden Ärzte erstaunenden Tempo seine Metastasen auf Leber und Bauchspeicheldrüse streute.

Zu diesem Zeitpunkt längst gestorben war Martin, der halbseitig gelähmte Chemiker, der zuvor noch ein Jahr in seinem Krankenzimmer gelegen hatte, völlig von Welt und Kollegen vergessen und nur durch den regelmäßigen Anblick des Pflegepersonals daran erinnert, dass er auf der Erde und nicht auf einem fernen Planeten weilte.

Das Dasein der Schauspielerin wiederum fand tatsächlich am Meer sein Ende, allerdings nicht umrauscht vom gleichmäßigen Anbranden der Wogen, sondern zerschmettert von einer einzigen, etwa sechs Meter hohen, die ihr zudem die Kleider vom Leibe riss und sie in ganz und gar unvorteilhafter Pose inmitten anderer vergleichbar herumliegender Touristen am Strand einer der kleinen Sundainseln zurückließ und von einem Seebeben ausgelöst worden war, das aber verglichen mit anderen vernachlässigbar wenige Menschen umbrachte – im Ganzen etwa sechshundert – und deshalb nicht in der globalen Erinnerung gespeichert wurde. Die Schauspielerin war bereits so unbekannt, dass nur wenige Zeitungen ihren Tod für am Rande meldenswert hielten, sie hatte aber auf ihren Asienreisen die Überzeugung gewonnen, dass mit dem persönlichen Ableben die Existenz keineswegs aufhöre. Vielleicht blieb ihr zwischen dem ersten Anblick der Welle und dem Aufprall genügend Zeit, diesen Gedanken noch einmal zu fassen.

Ebenfalls in einer gewissen Nähe seines Wunsches wäre der Scheidungsanwalt verschieden: Eine brasilianische Prostituierte hatte alles zu seiner Zufriedenheit erledigt, aber es war dumm von ihm, sich auf dem nächtlichen Rückweg zum Hotel allzu heftig gegen jene drei Halbwüchsigen zur Wehr zu setzen, die eigentlich nur seine Uhr haben wollten und ihn eher unmotiviert beinahe erstachen. Dem Tode glücklich entronnen, fühlte er sich besser im Leben als je zuvor.

Die beiden Gastgeber des Abends leben ebenfalls noch, haben sich allerdings getrennt, weil der Arzt den Kinderwunsch seiner Partnerin nicht teilte, da er zwei Nachkommen für ausreichend hält. Die Frau hat zwar einen gut bezahlten Job gefunden, aber noch immer keinen Partner, der ihr ein Baby machen will.

Der Philosoph veröffentlichte sechs Jahre nach dem beschriebenen Todesgespräch sein einziges Buch, eine Untersuchung über Skeptizismus beim jungen Hegel, an welchem er nahezu ein Dezennium gearbeitet hatte. Das Werk blieb komplett unrezensiert, keine einzige Zeitung oder Fachpublikation erwähnte es; selbst den *Hegel-Studien* war es nur eine Notiz ohne jeden den Inhalt näher betreffenden Kommentar wert. Als der Verlag nach dreizehn Monaten mit Ausnahme der üblichen, aber in diesem Fall besonders raren Bibliotheksbestellungen nicht ein einziges Exemplar abgesetzt hatte, tat der Philosoph exakt dasselbe, was einer seiner Kollegen im Jahre 1876 getan hatte: Er stieg auf den Speicher seines Mietshauses, knüpfte einen Strick um den Dachbalken, legte die Schlinge um seinen Hals, stieg auf den Stapel seiner Autorenexemplare und – hier endeten die Gemeinsamkeiten mit seinem entschlossener zu Werke gehenden Vorgänger – stand dort so lange, bis ihn ein unverhofftes Rütteln an der Speichertür dermaßen erschreckte, dass er Todesängste ausstand, weil er beinahe das Gleichgewicht verloren hätte. Nachdem er sich ein paar Tage geschämt und zugleich begriffen hatte, dass ihn das Gefühl, am eigenen Halse zu hängen und seine Beine baumeln zu sehen, bis zum Lebensende regelmäßig heimsuchen würde, verkaufte er den größten Teil seiner Bibliothek, und er begann exzessiv zu essen, zu trinken und sich seines Daseins zu freuen. Er ist bei alledem etwas dick und kurzatmig geworden; gut möglich, dass zumindest er irgendwann den seinerzeit geäußerten Wunschtod stirbt.

FAUSTINA

Am selben Morgen, als Gott begann, Charles Darwin zu lesen, stieg der Milliardär Hubertus Elsässer beschwingt aus seinem Bett, denn er hatte ein paar Stunden zuvor eine sehr attraktive Theaterschauspielerin erstverführt und maßvoll gevögelt, während die arbeitslose Einzelhandelskauffrau Anna Simon vor dem Spiegel mit einem Anflug von Resignation feststellte, dass sie auch im biedersten Kostüm wie eine Hure aussah.

Diese Aufzählung wirkt womöglich etwas willkürlich, ist es aber mitnichten. Hängt nicht letztlich alles mit allem zusammen? Theologisch interessierte Leser dürften sich zunächst fragen, wieso der *Herr* das Werk des Forschers beziehungsweise Ketzers nicht zum Zeitpunkt seines Erscheinens, sondern anderthalb Jahrhunderte später studierte – und warum überhaupt. Kennt Gott nicht automatisch jedes Buch? Nun, offenbar nicht. Und anderthalb irdische Jahrhunderte wiederum sind für ihn nur ein Nu.

Mitten in der Lektüre hielt der *Herr* inne und sprach mehr oder weniger zu sich: Dieser Engländer hat ja auf Erden eine völlig falsche Presse. Vor allem wird sein Name immer wieder gegen mich verwendet, dabei hat er mich in Wirklichkeit viel besser verstanden als alle anderen! *Kampf ums Dasein*, nun ja, das lässt sich zuweilen nicht vermeiden, aber entscheidend ist doch die *Schönheitswahl*! Nicht nur die Fitten, sondern erst recht die Schönen gehören zusammen, auf dass aus solchen Paarungen immer mehr Wohlgeratenheit entstehe. Es mögen diejenigen zueinanderfinden, die sich tatsächlich begehren, in freier Wahl, einzig dem Kriterium der wechselseitigen Attraktion folgend. »Gattungsoptimierung!«, summte Gott und lächelte. Das habe ich, dachte er bei sich, recht gut gemacht. Und die Engel sangen und jubilierten dazu, obwohl sie gewaltig sauer waren auf ihren Chef, seit der ihnen nachdrücklich verboten hatte, sich mit Menschenweibchen einzulassen.

Nun aber begab es sich, dass Satan wieder einmal bei Gott vorbeischaute. Er fand sich nämlich mit einer gewissen Regelmäßigkeit zu Füßen des höchsten Thrones ein, denn von Zeit zu Zeit sah er den Alten gern.

Gott dachte so etwas wie: Der kommt mir gerade recht! Laut aber tat er unwirsch und fragte: »Was willst du hier?«

Oh, er komme nur so, zum Plaudern, versetzte Satan und senkte devot das gehörnte Haupt.

Zum Plaudern?, fragte Gott rhetorisch. Er komme doch gewiss wieder bloß, um das Menschengeschlecht verächtlich zu machen.

Das war ein eingespieltes Ritual zwischen den beiden, gemäß welchem Satan nun entgegnen musste (und es auch tat), dass er die Menschen überhaupt nicht verachte, sondern sie vielmehr bemitleide. Und ganz so, als hätte er zuvor Gottes Gedanken gelesen und als ob er nun gegen den Stachel löcken wollte, bemitleidete er sie diesmal aufgrund ihres, wie er ausführte, ebenso zwanghaften wie unwürdigen Paarungsverhaltens. Der Menschenplanet sei ein einziges Bordell geworden, erklärte Satan; die Männer, seufzte er, eilten in stets ungebremster Geilheit und Schamlosigkeit hinter den Frauen her, die Frauen dagegen seien samt und sonders käufliche Huren, die sich inzwischen den Samen sogar ins Gesicht spritzen ließen, wo er gemäß Gottes Plan ja nun wahrlich nicht hingehöre –

Hier unterbrach ihn der *Herr*, indem er erschrocken den Zeigefinger auf seinen Mund legte und mit der anderen Hand auf die überall herumflatternden Engel wies. Schnell aber erlangte er die göttliche Selbstkontrolle wieder und sprach: »Wie du nur immer redest! Zuletzt dauerten dich die Mühsal und Plagen, unter denen die Menschen angeblich leben, jetzt sind es ihre Freuden, die dir nicht passen. Ja, ich habe den Stachel der lebenslangen Lust in dieses Geschlecht gepflanzt, aber keineswegs zu seinem puren Vergnügen, sondern auf dass die Wohlgeratenen zusammenfinden mögen und sich immer mehr Schönheit auf dem Planeten ausbreite.«

»Eugenik?«, fragte da Satan lauernd. »Diesen Begriff hört man mancherorts auf der Erde gar nicht gern.«

Gott zuckte mit den Schultern. Er musste – gottlob – seine vortrefflichsten Ideen ja – gott sei Dank – vor niemandem rechtfertigen.

Außerdem, ergänzte sein Besucher, treffe es nicht zu, dass sich die Wohlgeratenen paaren. In den untersten Rängen gelte dies ohnehin nicht, aber es gelte eben auch für die sogenannte Spitze der Gesellschaft keineswegs. Der hässlichste, widerlichste, genetisch und charakterlich minderwertigste, kurzum der teuflischste Mann – hier schmunzelte Satan kurz – konnte sich, wenn er genügend Geld zusammenbrachte, eine schöne Frau nehmen. Da nun aber auf Erden jede rentable Sache letztlich in minderwertige und gemeine Hände falle, pflanzten sich die Minderwertigkeit und die Gemeinheit hemmungslos fort. Wohin solle das führen? Inzwischen hätten die Menschenmänner den Planeten doch genug verunstaltet, um den Frauen zu gefallen und sich ihre Schönheit unter den Nagel zu reißen, und die Frauen spielten schamlos mit. Es sei, säuselte Satan, eine gewaltige Zerstörung der göttlichen Werke im Gange, und zwar vor allem weil hässliche Männer schöne Frauen besitzen wollen. Und für den Anschein von zunehmender Wohlgeratenheit sorgten bei alledem durchaus nicht die Gene, sondern die Zahnärzte sowie sogenannte Schönheitschirurgen. Hatte er, Gott, sich womöglich – der Sprecher räusperte sich – verkalkuliert mit diesem Geschlecht?

Obwohl sich die Miene des solchermaßen Angesprochenen enorm verfinsterte, nahm Satan dessen gleichzeitiges beharrliches Schweigen als Ansporn, seine Expektorationen fortzuführen. »Überhaupt, diese Menschenweiber!«, sagte er. »Sie öffnen dem Meistbietenden die Beine wie Huren, und das Einzige, was sie dabei bekümmert, ist die Frage, ob sie nicht einen noch Zahlungskräftigeren hätten verführen können. Man hat in seiner Funktion als Teufel wahrlich nichts zu tun bei ihnen –«

»Kennst du die Anna Simon?!«, donnerte Gott.

»Die Tippse?«

»Meine Knechtin!«

»Fürwahr, sie dient Euch auf besondere Weise«, wagte Satan zu spötteln. »Sie glaubt nicht mal an Euch.«

»Nun ja, das mag sein, nicht direkt«, räumte Gott stirnrunzelnd ein. »Aber«, fasste er die rettende Idee, »auch diese obskuren asiatischen Heilslehren, denen heute viele verwirrte Seelen folgen, beziehen sich letztlich auf niemand anderen als auf mich. Die Simon dient mir verworren. Diese Frau jedenfalls wirst du niemals dazu bringen, dass sie sich für Geld an einen Mann verkauft. Und um einer Gerechten willen – nun, du kennst die alten Geschichten.«

»Was wettet Ihr?«, fragte Satan lauernd.

* * *

Und Gott sandte einen seiner Engel hernieder zu Anna Simon, die immer noch damit beschäftigt war, sich für ein Bewerbungsgespräch herzurichten. In Anna Simons Fall bestand das Herrichten darin, möglichst viel von dem zu verbergen, was man gemeinhin als die weiblichen Reize bezeichnet. Mit diesen war die junge Frau allerdings so großzügig ausgestattet, dass es ihr einfach nicht gelingen wollte. Sogar das biedere hellgraue Kostüm, in dem sie sich soeben seufzend betrachtete, vermochte es nicht; es spannte dermaßen über ihren Brüsten, dass ein ihr vis-à-vis befindlicher Personalchef (oder, was auch nicht besser war, eine Personalchefin) befürchten musste, irgendwann von einem abgesprengten Knopf getroffen zu werden. Öffnete sie indes den oberen der beiden Knöpfe, wirkte ihr Dekolleté aller sonstigen Verhülltheit zum Trotz wie aggressive Werbung; außerdem war dem verbliebenen Knopf anzusehen, dass er allein dem auf ihm lastenden Druck auf Dauer erst recht nicht würde standhalten können. Öffnete sie beide, sah ihr ganzer Aufzug unseriös aus, was auch daran liegen mochte, dass dieses Biederfrauenkostüm nicht sonderlich teuer gewesen war, denn Anna Simon besaß nur wenig Geld. Dasselbe Dilemma hatte sie zuvor mit ihren gesammelten Blusen durchlitten. Trug sie wiederum einen engen Pullover – und eng musste ein Damenpulli schon sein –, wurde sie von vielen, oft auch älteren Männern auf der Straße so unverhohlen gierig angestarrt, dass sie diese Typen am liebsten angebrüllt hätte.

Die Zeit drängte, ihr Vorstellungsgespräch begann in einer Stunde, und sie musste mindestens vierzig Minuten mit dem Auto fahren. Der vergleichsweise winzige Spiegel, vor welchem sie stand, kaum größer als das Buddha-

Bild daneben, vor dem ein Teelicht brannte, zeugte davon, dass Anna Simon normalerweise nicht zu jenen Frauen gehörte, die stundenlang ihr Konterfei betrachten – obwohl sie allen Grund dazu gehabt hätte.

Da der Zeiger unerbittlich vorrückte, entschied sie, doch dieses dämliche graue Kostüm anzubehalten, und zwar mit geschlossenen Knöpfen. Nun aber stellte sich als Nächstes das Haarproblem. Anna Simon gehörte zu der raren Spezies der echten Blondinen, sie besaß langes, glattes, volles Haar; praktisch ein weiterer Grund, permanent angestarrt zu werden. Trug sie das Haar offen, bekam sie die Stelle entweder nie (Personalchefin), oder sie wurde schon beim Bewerbungsgespräch angebaggert (Personalchef). Ihre letzten beiden Arbeitsplätze hatte sie einzig und allein wegen ihrer Anziehungskraft auf das männliche Geschlecht verloren; das eine Mal war es ein Chef, der dieser nicht gewachsen war, das andere Mal eine Chefin, und die arme Anna hatte im einen Fall die Anmache, im anderen das Gemobbtwerden nicht ertragen. Dabei hatte sie sich immer dezent gekleidet, sich bescheiden verhalten und brav ihre Arbeit erledigt! Der Chef, Besitzer einer kleinen Multimedia-Agentur, kaum älter als sie, gar nicht unattraktiv, war von Tag zu Tag zudringlicher geworden, er scharwenzelte ständig in ihrem Zimmer herum, lud sie zum Essen ein, erst mittags (sie nahm an), dann abends (sie lehnte ab), und er hatte sie sogar zwangsverpflichtet, ihn auf einer Dienstreise zu begleiten und im selben Hotel zu übernachten. Nachdem er endlich kapiert hatte, dass für ihn an dieser Front nichts zu gewinnen war, machte er seiner Assistentin, wie man sagt, das Leben zur Hölle, rügte sie für die Nichterfüllung von Aufträgen, die er nie erteilt hatte, blies kleine Misserfolge bei der Kundenkontaktanbahnung zu Staatsaktionen auf und erhöhte kontinuierlich ihr tägliches Arbeitsquantum, bis Anna Simon um die Aufhebung des Arbeitsverhältnisses bat.

Besagte Chefin wiederum, der Anna Simon bereits eine Rangstufe niedriger, nämlich als Sekretärin, diente, stand der Kommunikationsabteilung eines großen Zeitschriftenverlages vor. Sie war blond, nur nicht in natura, außerdem deutlich kleiner als ihre Sekretärin und zudem hüftabwärts etwas korpulent, Mitte vierzig, unverheiratet, kinderlos. In ihrem halb finsteren, halb mannstollen Blick lag bereits die Melancholie des Abschieds vom Geschlechtsleben. Anna Simon war ihr schnell ein sogenannter Dorn im Auge, weil die männlichen Mitarbeiter anscheinend nicht anders konnten, als ihr entweder verstohlen auf die Brüste oder, etwas weniger verstohlen, auf den Hintern zu starren, während ihre der Vorgesetzten geltenden Blicke dergleichen Begehrlichkeiten nicht erkennen ließen. Die Probezeit war noch lange nicht verstrichen, als die Chefin ihre Sekretärin zu sich ins Büro zitierte, wo sie ihr ohne jede Vorrede befahl, sich künftig anders anzuziehen und sich *weniger aufzudonnern*, weil sie mit ihrer *schamlosen Anmache das Betriebsklima gefährdete*. Eine Spur schnippischer, als sie es von sich kannte, hatte die so Gemaßregelte gefragt, was an ihrem Erscheinungsbild denn nicht stimme, sie kleide sich ja nun wahrlich unauffällig, benutze kaum Make-up, und ihre Brüste könne sie halt nicht amputieren lassen. Natürlich wusste die neidische Trulla, dass sie im Unrecht war, und überraschend schnell gestand sie dies auch ein, indem sie plötzlich in einer Art aggressiver Somnambulität Klartext sprach. Es sei besser, wenn sie einfach verschwände, teilte sie ihrer verdutzten Sekretärin finster lächelnd mit; sie glaube jedenfalls beziehungsweise wage zu prophezeien, dass sie die Probezeit kaum überstehen werde.

Damals hatte die Existenzangst Anna Simon befallen, aber alle ihre Versuche, die breitärschige Primatissima durch Schlichtheit, Freundlichkeit und Bienenfleiß von ihrer Diensttauglichkeit zu überzeugen, waren an deren hasserfüllt-frustrierter Sturheit abgeprallt. Selbstverständlich war ihr Vertrag nach der Probezeit nicht verlängert worden. Es hatte wenig Sinn, gegen derartige Ungerechtigkeiten etwa bei der Personalabteilung zu protestieren. Es kostete nur Zeit und Nerven, und am Ende ging man, wie sie aus Erfahrung wusste, leer aus. Wer schenkte schon einer vollbusigen Blondine Glauben?

Anna Simon seufzte, als diese Erinnerung sie anfiel. Sie dachte daran, dass sie sich jetzt wieder dem Terror irgendeines Büroalltags aussetzen musste, sofern sie überhaupt den Einstellungsgesprächsfilter passierte, und es grauste ihr davor. Sie fühlte sich wie ein Igel auf der Autobahn. Am liebsten hätte sie sich unter ihrer Bettdecke verkrochen. Aber noch schlimmer fand sie die Vorstellung, von der Sozialhilfe leben zu müssen. Sie seufzte erneut, diesmal entschiedener, dann rollte sie ihr Haar am Hinterkopf zu einer Wurst zusammen und steckte es nach oben. Sie bemerkte nicht den Engel des *Herrn*, der ihr, von Lüsternheit ergriffen, zusah und an jenen dem frommem Bibelleser jahrhundertelang absolut schleierhaften Passus Genesis 6,1–2 dachte, der da lautet: »Da sahen die Gottessöhne, wie schön die Töchter der Menschen waren, und nahmen sich zu Frauen, welche sie wollten« (der *Herr* hatte, wie gesagt, dergleichen Mischungen strengstens verboten). Dabei vergaß der Engel völlig, weshalb er zu ihr gesandt worden war, und so kam es, dass Anna Simon nicht einmal andeutungsweise in die Bewandtnisse der Wette eingeweiht wurde, als deren Gegenstand sie agieren sollte.

Die Haarhochsteckerei hatte zur Folge, dass ihr Gesicht (das nicht im eigentlichen Sinne hübsch war, eher von einer herben Schönheit, mit breitem Jochbein und ausgeprägtem Unterkiefer) nun übermäßig betont wurde. Anna Simons Augen waren grasgrün und an sicheren Tagen von schlangenhafter Undurchdringlichkeit, an schlechten Tagen freilich verletzlich wie zwei offene Wunden. Was ihren Mund anging, so hatte ihr einer ihrer Liebhaber bescheinigt, er besitze die brutale Sinnlichkeit der Frauen auf den Gemälden von Dante Gabriel Rossetti. Anna Simon konnte nicht wissen, dass derselbe Typ sich einem Freund gegenüber weit trivialer geäußert hatte, indem er sagte, diese Frau habe genau das richtige Quantum *Gosse im Gesicht*, um ihn verrückt zu machen.

Mauselochsehnsüchtig betrachtete sie ihr Spiegelbild.

Eine halbe Stunde später befand Anna Simon sich auf der Landstraße, und sie hatte ihr Ziel beinahe erreicht, als sie im Rückspiegel eine große dunkle Limousine erblickte. Deren Fahrer war offenbar sehr in Eile, er kam unerlaubt rasch näher und fuhr schließlich so weit auf, dass die Polo-Fahrerin um ihr Leben zu fürchten begann, denn der Gegenverkehr riss einstweilen nicht ab. Im Rückspiegel sah sie den Fahrer, der keineswegs aggressiv, sondern irgendwie geistesabwesend wirkte. Leise vor sich hinfluchend beschleunigte sie etwas, doch der Mensch hinter ihr dachte überhaupt nicht daran, eine Lücke entstehen zu lassen, und blieb beharrlich an ihrer Hinterfront kleben wie ein Rüde an einer läufigen Hündin.

»Immer diese Typen mit ihren dicken Bonzenschleudern!«, zischte Anna Simon. »Wenn ich jetzt bremsen muss, bin ich Matsch. Ich kann nicht mal langsamer fahren!«

Wütend drehte sie den Kopf etwas zur Seite und zeigte dem Kerl einen Vogel, und als er nicht reagierte, erhöhte sie auf den Stinkefinger. Keine Reaktion erfolgte. Links rauschte ein großer Lkw nach dem anderen an ihnen vorbei. »Der ist doch irre!«, brach es nun aus ihr heraus, und sie leierte nervös ihr Fenster herunter, während ihr Blick zwischen Straße und Rückspiegel oszillierte. In diesem Augenblick tat sich auf der Gegenspur eine Lücke auf. Die Limousine scherte nach links aus und überholte.

»Du Arschloch! Du Bonze!«, schrie sie den Fahrer durch ihr halb offenes Seitenfenster an, als er auf gleicher Höhe mit ihr war. Dieser, ein picobello gekleideter Mann um die fünfzig mit einer runden Brille, schien durch die Worte aus einem Tagtraum zu erwachen, denn er glotzte verstört und vergaß, weiter zu beschleunigen.

»Das ist Nötigung!«, setzte sie erregt, wenngleich in etwas gesitteterem Tonfall, hinzu.

Es sah aus, als ob der Typ eine Antwort oder vielleicht auch nur eine Frage erwog, jedenfalls starrte er die ganze Zeit zu der Polo-Fahrerin hinüber und bemerkte offenbar nicht, dass auf seiner Spur wieder ein Lkw nahte.

»Gib Gas, Mensch! Oder willst du dich auch noch umbringen?«

Der Mann schrak zusammen, das dunkelblaue Schiff machte einen Satz nach vorn und schleuderte auf die rechte Spur hinüber, sodass ein Räderpaar von der Straße abkam und allerlei Kiesel aufwirbelte, während Anna Simon auf die Bremse trat und auf der Gegenspur der Lkw vorbeischepperte. Ihr war, als müsste sie nun sterben. Dann hatte der Mensch seine Limousine – es handelte sich übrigens um einen Maybach – wieder unter Kontrolle und beschleunigte so zügig, dass er schon nach wenigen Sekunden nur noch ein dunkelblauer Punkt auf der Straße war, der freilich schon wieder einem anderen Punkt bedrohlich zu Leibe rückte ...

* * *

Hubertus Elsässer gehörte zu jener orchideenraren Spezies, die selbst der Volksmund selten beim Namen nennt; mangels Vorstellungskraft redet der immer nur von ihren minderen Brüdern, den Millionären. Elsässer aber war *Milliardär*. Nicht dass er zur nächsten Bank hätte gehen und dort eine Milliarde hätte abheben können; vielmehr besaß er eine Haushaltsgerätefirma mit Produktionsschwerpunkt Mikrowellen und Hauptsitz in Lochhausen bei München sowie Dependancen in Tschechien, Slowenien und China, deren Wert sich auf insgesamt etwa zweieinhalb Milliarden Euro belief. Üblicherweise lebt so ein Mensch auf einem anderen Planten als du oder ich oder beispielsweise Anna Simon, die sich soeben in ihrem alten Polo auf dem Weg nach Lochhausen befand. Elsässer gerierte sich übrigens eher als Eigentümer denn als Chef des Unternehmens, was vornehmlich daran lag, dass ihm die Art des von ihm zu verantwortenden Produkts etwas peinlich war. Schon als Jugendlicher, als sein Vater noch die Firma geführt hatte, wäre er lieber Zeitungstycoon,

Multimedia-Großunternehmer oder Besitzer einer global agierenden Künstleragentur geworden. Bei diesen Wünschen war es im Grunde geblieben, jedenfalls waren das die Themen, die ihn interessierten und sein Leben ausfüllten, nur besaß er genug Realitätssinn, um zu akzeptieren, dass seine Talente nicht ausreichen, um auf diesen Gebieten mehr Geld zu verdienen als im Mikrowellenbusiness. So spielte er eben privat den kennerischen Kunstsammler und den mal mehr, mal weniger eloquenten Vernissageneröffner.

Elsässer war ein Mann Anfang fünfzig und von hundertachtundsechzig Zentimetern Länge, also nach den Maßstäben der Welt etwas zu kurz geraten. Stämmig, wasserblauäugig, dunkelhaarig (mit wenigen grauen Einsprengseln), besaß er trotz seiner Kleinheit durchaus ein gewisses Charisma, welches sich nicht nur seinen Untergebenen mitteilte. Seht her, ich bin etwas!, sprach es aus seiner Körperhaltung. Er bewegte sich niemals eilig, wie kleine Menschen es oft tun, sondern gravitätisch und selbstsicher. Über seinen Schädel hörte man gelegentlich sagen, er sei ein sogenannter Charakterkopf; seine stets in der gleichen runden Form gearbeiteten Hornbrillen verliehen diesem eine Note von Intellektualität. Natürlich trug einer wie Elsässer Maßanzüge und nichts außerdem, beste italienische Stoffe, er trieb Sport (Reiten, Tennis), ließ sich die Hände maniküren und trat mit einem leutseligen Standardlächeln unter die Menschen, das ihm auch dann nicht entglitt, wenn ein besonders gut gewachsener Mann oder eine besonders langbeinige Frau in seinem Gesichtsfeld beziehungsweise leicht oberhalb desselben auftauchte und ihm sein naturwüchsiges Defizit schmerzlich vor Augen führte. In der Schule und im Internat hatte sein Selbstbewusstsein noch darunter gelitten, dass er immer der Kleinste gewesen war, doch seine pekuniären Verhältnisse und seine gesellschaftliche Stellung hatten die wenigen Zentimeter, die ihm zum landesüblichen Längendurchschnitt fehlten, inzwischen fast vollständig kompensiert. Die Menschen, mit denen er verkehrte, waren normalerweise entweder seine Untergebenen, oder sie wollten irgendetwas von ihm, und in aller Regel behandelte seine Mitwelt ihn mit Unterwürfigkeit und riss ihm überall die Türen auf. Er war mit einer bekannten Fernsehmoderatorin verheiratet, die einen Kopf größer war als er, und hatte mit ihr zwei Töchter gezeugt, wobei diese Ehe im Grunde nur noch formell, um des guten Rufs willen existierte, denn man hatte sich, wie es heißt, auseinandergelebt.

An jenem Morgen, als Elsässer auf irgendeine beharrliche Einflüsterung hin seinen Maybach bestieg und ohne Chauffeur in die Firmenzentrale fuhr, obwohl er es für diesen Tag gar nicht vorgehabt und auch keinerlei Termine geplant hatte, war er, wie bereits erwähnt, gut gelaunt. Er hatte am Vorabend – genauer, in später Nacht – eine Frau verführt – besser, herumgekriegt –, was jedes Mannes Stimmung gehoben hätte. Außerdem war es nicht irgendeine Frau gewesen, sondern die Theaterschauspielerin Belinda Dupré, der Elsässer seit Wochen den Hof gemacht hatte. Die Dupré war eine Nachwuchsaktrice von achtundzwanzig Jahren, die derzeit als Penthesilea, wie die Zeitungen schrieben, Furore machte; die vornehmlich männlichen Kritiker in den Feuilletons waren des Lobes voll für die *brutale Sinnlichkeit* ihrer Darstellung, wenngleich weder ihre üppige Blondheit noch ihr üppiger Busen dem Bild einer attischen Amazone zu entsprechen schienen – sie glich als Penthesilea mehr einem kalifornischen Playmate als einer kriegerischen Königin, was sie aber mit schauspielerischem Brachialeinsatz zu kompensieren suchte.

Elsässer, der hintereinander vier *Penthesilea*-Vorstellungen gesehen hatte und das Theater beinahe so sehr liebte wie große Brüste, hatte ihr beim ersten Mal ein teures Blumenbukett in die Garderobe geschickt, beim zweiten Mal war er mit einem noch üppigeren persönlich erschienen, um sich für ihr Spiel zu bedanken, beim dritten Mal hatte er sie zum Abendessen eingeladen, beim vierten Mal war die schöne Amazone seiner Offerte gefolgt. Allerdings war sie bei diesem Treffen, das in einem italienischen Restaurant stattgefunden hatte, wo Elsässer gern verkehrte, von der vorangehenden Vorstellung sehr ermüdet und kaum imstande gewesen, seinen Worten und Schmeicheleien zu folgen. Er hatte sich deshalb erbeten, dass sie ihn beim nächsten Mal an einem freien Abend in seinem Stadtpalais besuchte, einem zweigeschossigen Gründerzeitbau mit Garten und Freitreppe nahe dem Stadtzentrum, den er für diese Nacht von seinen beiden Bediensteten mit Fackeln (draußen) und Kandelabern (drinnen) wie ein Märchenschloss hatte illuminieren lassen. Allerdings war der Chauffeur, den Elsässer zu ihr gesandt hatte, unverrichteter Dinge und mit der Nachricht zurückgekehrt, sie fahre selber. Dann war lange nichts geschehen, außer dass die Kerzen niederbrannten, die beiden Bediensteten sich die Beine in den Bauch standen und der Gastgeber unruhig in seinen zahlreichen Zimmern umherstrich. Schließlich nahte ein Taxi, dem eine sichtlich genervte Dupré entstieg, die überhaupt nicht auf den Feuerzauber achtete, der doch augenscheinlich um ihretwillen hier veranstaltet wurde, sondern sich lauthals über den *Idioten* beklagte, der soeben auf der Leopoldstraße ihren Mini Cooper demoliert habe.

»Großer Gott! Sie hatten einen Unfall?«, erkundigte sich Elsässer mit sorgenvollem Blick auf ihr Dekolleté.

»Nein, ich hatte geparkt, um mir Zigaretten zu holen, als dieser Trottel von der Seite in meinen Wagen gerauscht ist«, erwiderte sie.

»Aber Ihnen geht es gut?«

»Nein, ich bin sauer! Diese ganzen Rennereien, die man nach so einem Unfall hat! Fahrertür und Kotflügel sind total im Eimer! Und der Kerl war kein Deutscher, müssen Sie wissen, irgend so ein Türkenbengel mit tiefergelegtem BMW, wer weiß, ob der überhaupt versichert ist ...«

Elsässer ergriff galant ihre Hand, drückte seine Lippen darauf und sagte: »Ihnen ist nichts passiert, und das ist das Wichtigste. Sie sehen übrigens hinreißend aus, wenn so ein schwaches Wort gestattet ist!«

Die Mimin schaute ihn an und sagte milde: »Finden Sie?«

Elsässer gab dem einen seiner Angestellten flüsternd irgendwelche Anweisungen, worauf dieser verschwand, dann bat er seine Besucherin ins Haus.

Der Salon, in den Elsässer sie führte, während der andere Bedienstete voranging und die Türen aufriss, maß etwa hundert Quadratmeter und war komplett mit rubinroter Tapete ausgeschlagen. In seiner Mitte stand eine für zwei Personen gedeckte Tafel, ansonsten war der Saal, bis auf die beiden Empire-Sessel, die vis-à-vis am Kaminfeuer standen und ihrer zu harren schienen, unmöbliert.

»Sie haben doch bestimmt Hunger nach dem Ärger«, summte Elsässer, der in seinem Smoking für den Moment etwas overdressed wirkte. Sie trug nämlich nur ein einfaches grünes Kleid, das oberhalb des Knies endete, war ungeschminkt und bis auf ihre silberne Halskette, an deren Ende ein indianisch aussehendes Amulett hing, schmucklos. Das enge Kleid betonte freilich ihren Busen, sodass Elsässer die schon fast beleidigende Schlichtheit ihrer Herrichtung nicht wahrnahm. Naturgemäß konnte er auch nicht wissen, dass sie zu einer Freundin gesagt hatte, sie werde heute wieder *mit diesem kleinwüchsigen Milliarderl* zu Abend essen, man könne ja nie wissen, wofür das gut sei.

Das Milliarderl, dem eine seiner Angestellten alles über die Dupré hatte recherchieren müssen, erklärte gerade: »Sie sind Elsässerin, ich heiße Elsässer, das sollte uns verbinden.«

»Sie scheinen sich in meinen Bewandtnissen auszukennen.«

»Viel zu wenig, Teuerste, entschieden zu wenig!«

Der kleine Mann ließ nicht zu, dass der Lakai ihr den Stuhl unter den sich senkenden Popo schob, sondern tat es selbst, wobei er auf ihr Haar starrte und sich vorstellte, wie es sich, allerlei punktuellen Kitzel erregend, über seine Leistengegend ergoss. Auf dem Tisch standen in einem Eiskübel zwei Flaschen Champagner. Der Bedienstete zog sie heraus und sagte: »Dom Pérignon Champagne rosé 1980.«

»Das ist mein Geburtsjahr!«, rief die Dupré.

»Einzig deshalb steht er hier«, erwiderte Elsässer mit Souveränität.

Nun lächelte sie geschmeichelt. »Dann sollten wir ihn trinken.«

Nachdem sie angestoßen hatten, nahte wie auf Zauberwink der Koch heran und bot Meeresfrüchte an: eine warme Platte mit Hummer, Langusten und Seeigel, eine kalte mit Austern und Crevetten.

Die Dupré langte munter zu. Als sie die beiden Platten leer gegessen hatte, bat er sie vor den Kamin, wo die Empire-Sessel standen, Originale natürlich. Originale waren auch, was der Aktrice einen leisen Aufschrei entlockte, die beiden Bücher, die auf den Sesseln lagen: Kleists Amazonendrama in der Erstausgabe von 1808, erschienen zu Tübingen im Verlag der Cotta'schen Buchhandlung, gedruckt in Dresden bei Gärtner. Der 15. Auftritt war aufgeschlagen.

»Bitte lesen Sie!«, bat Elsässer inständig, nachdem sie einander gegenüber Platz genommen hatten.

Die Dupré las: »Komm jetzt, du süßer Nereïdensohn, / Komm, lege dich zu Füßen mir – Ganz her! / Nur dreist heran! – – Du fürchtest mich doch nicht? / – Verhasst nicht, weil ich siegte, bin ich dir? / Sprich! Fürchtest du, die dich in Staub gelegt?«

»Wie Blumen Sonnenschein«, stieg nun Elsässer als Achilles ein, während er sich in Wirklichkeit durchaus ganz unpelidenmäßig etwas fürchtete, nämlich vor jenem Augenblick, wo er vom unverbindlichen Verbalgeplänkel zum ersten Körperkontakt überzugehen habe und dann entweder angenommen oder abgewiesen würde. Letzteres war oft vorgekommen, speziell in seiner Studentenzeit, und diese Kränkungen hatten sich auf dem Grunde seines Egos angesammelt wie Geröll auf dem Grunde eines

Flusses; jederzeit konnte sein munteres Verführungsschiffchen dort auflaufen.

Die Dupré hatte den Text exakt im selben Tonfall gesprochen, wie er ihn von ihr auf der Bühne gehört hatte, nämlich ohne ihn dabei anzuschauen, und das ließ keinerlei Rückschlüsse auf ihre Empfindungen ihm gegenüber zu, wie er sie, genau diese Stelle wählend, zu ziehen gehofft hatte. Überhaupt schien sie von dem ganzen Brimborium, das er für sie veranstaltete, ziemlich unbeeindruckt zu sein. Dabei konnte dieses Mädel dergleichen doch keineswegs gewohnt sein. Über seine Informationskanäle hatte er überdies feststellen lassen, dass die Dupré derzeit unbemannt war; daran konnte es also auch nicht liegen.

Die beiden lasen den gesamten Aufzug und plauderten danach, bis einer der Bediensteten mit einem Tablett vor ihnen auftauchte, auf dem sich zwei weitere Gläser Champagner sowie ein Zündschlüssel befanden.

Elsässer nahm zu seinem Glas den Schlüssel und legte ihn der Dupré in die Hand.

»Was ist das?«, fragte sie erstaunt.

»Ich habe mir erlaubt, Ihnen ein kleines Geschenk zu machen, nichts Bedeutendes, anstelle eines Blumenbuketts ...«

»Das ist ein Zündschlüssel.«

»Gewiss.«

»Ein Mercedes-Zündschlüssel.«

»Ein SL-Cabrio«, präzisierte Elsässer.

»Und was soll ich damit?«

»Er gehört Ihnen. Sie müssen ja irgendwie nach Hause und morgen ins Theater kommen nach ihrem Unfall.«

Was jetzt in der jungen Frau vorging, ist vielfach in moralphilosophischen Traktaten behandelt worden. Jeder Bestechungsversuch stößt zunächst auf Empörung; doch ist der in Aussicht gestellte Lohn groß genug, mischt sich sofort das Nützlichkeitsdenken ein und stellt erschütternd sachliche Erwägungen darüber an, was der Handel am Ende, nach der Verrechnung von schmählicher Leistung und Honorar, abgeworfen haben wird. Sei nicht dumm, spricht es (und sprach es diesmal zu Belinda Dupré), der Stolz stillt deine Bedürfnisse nicht, am Ende stehst du da mit deinem Stolz und leeren Händen!

»Das kann ich nicht annehmen«, sagte sie dennoch, ohne Elsässer dabei anzuschauen.

»Aber warum denn nicht?«

»Ich bin doch keine Hure!«

Diesen Satz, den eine Frau stets im Sinne einer ins Verbale abgemilderten Ohrfeige anwendet, sprach sie eigentümlich matt aus, ja beinahe resignativ, als ob sie selber nicht recht daran glaubte. So viel zahlten die Kammerspiele einer Jungschauspielerin nun auch nicht, dass ein nagelneues SL-Cabrio nicht gewisse Bedenken wenigstens ins Wanken zu bringen vermochte.

Elsässer verstand nicht viel von Frauen, aber so viel denn doch, dass er jetzt die Initiative ergreifen musste. Das, was sich bislang wie ein Kauf angelassen hatte, musste in eine Verführung mit Honorar umgewandelt beziehungsweise, da er in der Kunst der Verführung wenig bewandert war, erfleht werden. Er rutschte von seinem Sessel, fiel vor der Frau auf die Knie, fasste ihre Hand, drückte sie an seine Lippen und raunte: »Ich bewundere Sie, ich bewundere Ihre Kunst, ich bete Sie an, was ist schon ein Auto, ein

Geschenk eines Bewunderers wie die Blumen am Ende der Vorstellung, ein Blumenstrauß aus Metall, nehmen Sie ruhig, es ist fast nichts, verglichen mit dem Glück, das Sie zu schenken wissen!«

Im Übrigen war die Dupré satt, ziemlich beschwipst, sie saß sehr bequem in ihrem Sessel – man könnte auch sagen, sie lümmelte darin –, und das emsige Geplauder ihres Gastgebers hatte sie umstrickt und eingelullt. Selbstverständlich war sie halb erschlagen von der Pracht dieses Hauses, wenngleich sie die ganze Zeit so getan hatte, als ob sie es nicht einmal bemerkte. Sie fühlte sich also recht behaglich und hatte deshalb auch nichts dagegen, diesem Kerl, der das ja alles für sie inszeniert hatte, ihre Hand zu überlassen, und als sich seine andere Hand auf ihr Knie legte, empfand sie zumindest keine direkte Abneigung dagegen. Wenigstens war diese Hand nicht feucht, sie hasste feuchte Hände, das fand sie krötenhaft und unmännlich. Sollte sie, überlegte die Dupré, diesen Milliardär zu ihrem Liebhaber machen? Ihr würde nicht mehr viel Zeit bleiben, sich zu entscheiden, denn inzwischen lag auch auf dem anderen Knie eine Hand, und beide Hände begannen langsam zu wandern, so wie der gesamte Elsässer auf seinen Knien zu wandern begann und ihr gefährlich näher rückte. Wenn sie jetzt nicht aufsprang oder wenigstens seine Hände von ihren Oberschenkeln nahm, würde er zum Angriff übergehen, und war so ein Angriff erst mal im Rollen, dann stoppte man ihn nicht so leicht beziehungsweise nicht ohne böses Blut, Peinlichkeiten und eisige Abschiede. Der Mann war also *Mil-liar-där* ... Ob so ein Mil-liar-där auch Kondome griffbereit hatte?

Zu ihrem Entsetzen rauschten der Mimin nun zwei Gedanken durch den sanft beschickerten Kopf, mit denen sie sich sozusagen selber sturmreif schoss. Der erste war eine Erinnerung, die aus dem Halbbewussten ins Vollbewusstsein schoss, nämlich dass sie selber Kondome in ihr Handtäschchen gesteckt hatte, zufälligerweise ausgerechnet diesmal, nahezu mechanisch. Warum hatte sie das getan? Die zweite Eingebung kam aus dem Nichts und lautete: Stell dir vor, du wirst von dem Typen schwanger, besser finanziell versorgt kann dein Kind niemals wieder sein …

All dies dachte die junge Frau in Höchstgeschwindigkeit, Elsässer war nur um wenige Zentimeter vorangekommen. Sein Blick hatte nun etwas zugleich Flehendes und Schmachtendes angenommen, sein Mund arbeitete nervös und doch vorfreudig, wie beim Anblick einer besonders verlockenden Speise, und die Mimin schloss sicherheitshalber die Augen. Nun musste sie plötzlich an einen jungen Beleuchter denken, einen unverschämt hübschen Burschen Anfang zwanzig, blond, hochgewachsen, mit muskulösen Armen und einem herrlich festen Arsch, dessen heiße Blicke auf sie, auf Penthesilea, kaum Zweifel an seinen Wünschen ließen … Warum lässt du dich eigentlich nicht von diesem Burschen vögeln, sondern sitzt hier bei einem reichen, armseligen Zwerg?, dachte sie. Der hatte inzwischen ihr Kleid erreicht und schob es langsam höher. Die Dupré lag da wie eine satte Raubkatze und tat – nichts. Nun hatte er ihr Kleid so weit nach oben geschoben, dass der weiße Slip offenlag, die herrliche Rundung des Schambergs, an welcher der Stoff fest anlag und unterhalb derer sich die Schamlippen deutlich abzeichneten. Elsässer drückte seinen warmen Mund auf die Spalte.

Die Dupré dachte an den Beleuchter und seufzte leise. Dann ließ sie sich tiefer in den Sessel rutschen, spreizte die Schenkel, winkelte die Knie an und legte dem vor ihr Knienden ihre Fersen auf die Schultern ...

So beziehungsweise so ähnlich versuchte Hubertus Elsässer stets Frauen zu verführen. Mit anderen Worten, er hatte einerseits alles, andererseits überhaupt nichts begriffen.

* * *

Die Überraschung, die Elsässer empfand, als er die reizende junge Polo-Fahrerin, die ihn vor wenigen Minuten ein »Arschloch« und einen »Bonzen« genannt hatte, im Foyer seiner Firmenzentrale sah, war zwar groß, jedoch gering im Vergleich mit Anna Simons Erschrecken über dieses neuerliche Zusammentreffen. Sie hatte ihn zuerst erblickt und begriff sofort, dass jener Mann, bei dessen Eintritt beide Pförtner von ihren Sitzen sprangen und einer der beiden loseilte, um einen Lift zu holen, irgendein hohes Tier in der Firma sein musste, bei welcher sie sich gerade um eine Stelle bewerben wollte. Scheiße, dachte sie, wie typisch für mich! Wenn er mich erkennt, muss ich mich wohl gar nicht erst vorstellen.

Sie stand bei den Pförtnern und wartete darauf, abgeholt zu werden. Impulsiv drehte sie sich vom Eingang weg, sah aber noch, wie eine kostümierte Frau, die bis dahin in einem der Foyerledersessel gesessen hatte, mit sorgenvollem Gesicht auf den Bonzen (beziehungsweise das Arschloch) zueilte. Dann hörte sie den Mann sagen: »Nein, nicht doch, ich bitte Sie, ich habe es Ihnen doch schon gesagt, Sie müssen mir keinen Ersatzchauffeur beschaffen, ich fahre gern selber mal, ich genieße es sogar!«

Nun, das war schon wieder komisch, und Anna Simon musste trotz ihres Schrecks grinsen. Der Fahrstil dieses Menschen war anscheinend firmenbekannt.

Beim Pförtner, der immer noch in Habachtstellung dastand, läutete das Telefon. Er nahm ab, hörte kurz jemandem zu und sagte dann zu Anna Simon: »Sie können zum Lift gehen. Fahren Sie in den vierten Stock, dort werden Sie abgeholt.«

Anna Simon gehorchte und eilte zu den Fahrstühlen. Es waren derer drei, und sie hoffte, die von ihr beschimpfte Führungskraft würde von der mutmaßlichen Assistentin noch so lange aufgehalten, dass sie in einen Lift würde schlüpfen und aus dem Eingangsbereich verschwinden können. Ein Fahrstuhl stand bereits offen, allerdings blockierte ihn der andere Pförtner, offenkundig für den heute ausnahmsweise chauffeurlosen Maybach-Fahrer. Jedenfalls bedeutete er der Bewerberin, dass ihr Eintreten nicht erwünscht sei. Eilig drückte Anna Simon auf den Knopf mit dem nach oben weisenden Pfeil, doch da ja gerade ein Lift für die Fahrt hinauf bereitstand, schickte der Computer keinen weiteren. Anna Simon hörte das hohe Tier herannahen – dieser Begriff hatte in ihrem Kopf längst das »Arschloch« ersetzt –, der Mann gab der kostümierten Dame irgendwelche Aufträge und schickte sie damit fort, Anna Simon drehte sich zur Seite und tat so, als hätte sich ihr Ohrring gelöst, der Mann stand nun direkt hinten ihr, der Pförtner sagte devot: »Guten Morgen, Herr Dr. Elsässer«, das hohe Tier ging in den Lift – und dann ertönte von dorther laut und vernehmlich die Frage: »Möchten Sie nicht mitfahren?«

Quasi ohne es zu wollen, kehrte Anna Simon ihm nun das Gesicht im Halbprofil zu und suchte nach einer Antwort, aber da hörte sie schon die Worte: »Nanu, kennen wir uns nicht? Ich meine, sind wir uns nicht gerade begegnet?«

Anna Simon holte tief Luft für ein überzeugendes »Sie müssen sich irren«, aber kein Laut passierte ihre Kehle. Stumm stand sie da und schaute betreten, obwohl ja eigentlich kein Grund dafür vorlag.

Was für ein Prachtweib, dachte Elsässer derweil, was für ein geiles Stück, dagegen fällt die Dupré ja förmlich ab!

»Was ist, wollen Sie mir auf dem kurzen Weg Gesellschaft leisten?«, fragte er.

Elsässer hatte noch die entweder tief empfundenen oder immerhin grandios geschauspielerten Lustschreie der Dupré in den Ohren, und wie das Selbstwertgefühl eines Künstlers unter dem Applaus des Publikums wächst, blühte sein Ego noch immer unter diesem nachhallenden Beifall. Ein Mann, der soeben eine Frau verführt hat, auf welch fragwürdige Weise auch immer, fühlt sich bekanntlich ziemlich unwiderstehlich. Es gibt für ihn keinen besseren Moment, die nächste Frau anzusprechen, als ebenden, wo ein vorangegangener Erfolg ihm jene Selbstsicherheit eingibt, die Frauen an Männern so sehr schätzen, weil sie nicht einsehen, warum sie einen Mann anziehend finden sollen, der sich selber nicht mag. Auf Männer mit Selbstzweifeln reagieren Frauen ungefähr so wie Männer auf Frauen mit Gehbehinderung. Folgt freilich dem Hochgefühl des Erfolges sofort wieder ein Korb, fällt der Mann normalerweise auf sein Gedemütigten-Level zurück und hält sich wieder für jenes Schwein, das von Frauen schlimme Dinge will und mit Recht dafür abgestraft wird.

So ungefähr stellte sich Elsässers momentane innere Situation dar. Der Mann war weiß Gott kein Aufreißer, er besaß dafür kein Talent, so wie viele Menschen eben zu hölzern in ihren Bewegungen sind, um jemals wirklich tanzen zu können. Elsässer wusste, dass die Frauen, die mit ihm ins Bett gingen, dies nicht unmittelbar um seinetwillen taten. Dennoch wusste er, dass sie es taten.

Inzwischen hatte Anna Simon akzeptiert, dass sie der gemeinsamen Auffahrt nicht würde ausweichen können, und stieg in den Lift.

»In welche Etage wollen Sie?«, fragte Elsässer.

»Die fünfte.«

Er drückt die Fünf und für sich die Sieben (das war das oberste Stockwerk). Der Lift fuhr an.

»Darf ich fragen, was Sie in mein Unternehmen führt?«, erkundigte sich Elsässer nun.

Sein Unternehmen? Da hatte sie's. Der Mann war nicht bloß ein hohes Tier, sondern ihm gehörte offenbar der ganze Laden.

Mit gesenktem Blick sagte sie: »Es tut mir leid, dass ich Sie vorhin beschimpft habe, aber Sie sind gefahren, als hätten Sie einen Mordanschlag auf mich vorgehabt ...«

»Aber, aber, kein Problem!«, dröhnte er. »Ich habe keine Erfahrung mit diesem Wagen, weil ihn sonst immer mein Chauffeur fährt. Es tut mir leid, wenn ich Sie geängstigt habe.«

Der Lift hielt in der fünften Etage. Dort stand eine junge Assistentin aus der Personalabteilung, um die Bewerberin abzuholen. Als sie Elsässer erblickte, nahm sie gewissermaßen Haltung an und grüßte unterwürfig. Doch der hatte nur Augen für die Frau im Lift.

»Sie wollen sich bei uns bewerben?«, fragte er. »Für welche Stelle?«

»Nur im Sekretariat«, nuschelte Anna Simon.

»Sagen Sie, Frau Singhammer, ich wünsche, dass die Bewerberin eingestellt wird«, wies Elsässer die Assistentin an, »das ist eine resolute und charaktervolle Person. Solche Mitarbeiter brauchen wir.«

Die Fahrstuhltür schloss sich. Bewerberin und Assistentin schauten sich etwas verblüfft an.

»Läuft das bei Ihnen immer so?«, fragte Anna Simon.

»Nein, normalerweise nicht«, erhielt sie zur Antwort. »Na, wie auch immer: Glückwunsch zur neuen Stelle!«

Was für ein tolles Weib, dachte Elsässer, der zwei Etagen höher über den dicken Teppich lief, welcher dort die Schritte dämpfte, und an drei Sekretärinnen vorbei in sein Büro trat. Was für eine Figur! Und diese Augen! Die muss ich haben!

* * *

In Elsässers Fantasien wurde das Bild der Dupré sozusagen von der Wand genommen und durch eines von Anna Simon ersetzt. Dieser Austausch lief rein äußerlich auf eine Steigerung hinaus, fand Elsässer; was die Dupré durch ihre Divenhaftigkeit der Simon an frivolem Reiz voraushatte, kompensierte Letztere durch ihren Wuchs und ihren durch Mark und Bein gehenden Blick vollauf. In diese Augen zu schauen, wenn er *kam*: das schien Elsässer nun der Gipfel aller denkbaren Lüste. Und seine Eroberung vom Vorabend war auf einmal bloß ein One-Night-Stand? Nun, darüber würde er ein andermal nachdenken.

Elsässer ließ keine Woche verstreichen, dann rief er Anna Simon an und fragte sie, ob sie nicht Lust habe, ihn ins Theater zu begleiten. Es blieb Anna Simon nichts anderes übrig, als entweder pauschal abzulehnen oder sich zu erkundigen, um was für ein Stück es sich handeln würde. Sie entschied sich, sofern man überhaupt von einer Entscheidung reden konnte – der Anruf hatte sie völlig überrumpelt –, für Letzteres. Elsässer schlug eine Gegenwartskomödie vor, das Ganze dauerte nur knapp zwei Stunden, man konnte es also auch einer wohl eher ungebildeten Person wie der Simon anbieten, die mit dem *Hamlet* vielleicht überfordert gewesen wäre. Anna Simon befand sich selbstredend darüber im Klaren, dass dies wieder nur der Auftakt der üblichen Anmache war, ihr schien es, als laste ein Fluch auf ihr. Sie erbat sich Bedenkzeit, die Elsässer ihr lachend gewährte, wobei dieses Lachen in ihren Ohren etwas gezwungen klang.

Ihre Mutter, mit der sie die Sache am Telefon besprach, versuchte sie zu beruhigen. »Kind, mach dich nicht verrückt!«, sagte sie. »Du kannst ins Theater gehen, mit wem du willst, ohne dass etwas daraus folgt. Du bist ein freier Mensch, und du entscheidest über alles, was du tust.«

»Und wenn der Typ mich danach noch irgendwohin einlädt?«

»Dann gehst du entweder nach Hause, weil du müde bist, oder du lässt dich anständig bewirten. Ich denke, der ist so reich.«

»Und dann?«

»Gehst du nach Hause.«

»Aber du weißt doch, was mir mit meinem letzten Chef passiert ist, nachdem ich ihn habe abblitzen lassen.«

»Das war eine kleine Klitsche, wo der Kerl machen konnte, was er wollte. Jetzt bist du in einem großen Unternehmen. Du kannst ihn natürlich auch anrufen und ihm erklären, du hast es dir anders überlegt, du findest private Kontakte zwischen Firmeneigentümer und Angestellter unstatthaft, du willst nicht, dass die Kollegen denken – und so weiter.«

»Ach, Mama, du kennst diesen Mann nicht, der würde das nicht akzeptieren und mich zu überreden versuchen, und der ist ein guter Überreder ...«

Am Ende ging Anna Simon den Weg des geringsten Widerstandes. Das heißt, sie nahm die Einladung an.

Ein Chauffeur holte sie am fraglichen Abend von daheim ab, und es war ein seltsames Gefühl, in ihrem eher den sozial Schwächeren vorbehaltenen Viertel unter neugierigen Blicken in einen Bentley zu steigen. Ein durchaus angenehmes Gefühl, wie sich herausstellte. Elsässer erwartete sie im Theater, empfing sie mit Komplimenten, umriss ihr in wenigen Worten, wovon das Stück handelte, führte sie zu ihrem Platz in einer Loge, von wo sie einen hervorragenden Blick auf Bühne und Publikum hatte und wo in einem Eiskübel eine Flasche Champagner bereitstand. Und als er ihr in der Aktpause erklärte, sein Koch habe in seinem Stadtpalais ein kleines Dinner für sie bereitet, hatte sie keine Kraft mehr, Nein zu sagen ...

Das Stück entpuppte sich als jener Unsinn, den Elsässer erwartet hatte, aber es gab drei, vier Stellen zum Lachen, eine Reihe von Frivolitäten und angedeuteten Kopulationen, und auch ein paar Brüste wurden gezeigt, sodass die ganze Chose als Vorspiel zum Vorspiel taugen mochte. Der Chauffeur wartete draußen, das Palais war diesmal nicht ganz so üppig illuminiert wie zuletzt bei der Mimin, aber immerhin üppig genug, dass Anna Simon kurzzeitig der Mund offenstand, vor allem nach dem Betreten des Hauses. Saalgroße Zimmer, zum Teil mit Deckengemälden, Skulpturen, Gobelins, Ölgemälden, Kronleuchtern, Bediensteten: dergleichen kannte sie nur aus Filmen. Es war für sie unvorstellbar, dass so etwas einem einzelnen Menschen gehören konnte. Geblendet und eingeschüchtert nahm sie an seiner Tafel Platz.

Elsässer hatte den halben Tag damit hingebracht, sich auszumalen, was er mit Anna Simon anstellen würde, sofern der Abend nach seinen Wünschen verlief – für einen Mann, der eine Frau in aller gebotenen Abgeklärtheit verführen will und sich seiner Sache nicht sicher sein kann, die denkbar falscheste Vorbereitung. Obendrein hatte sie zwei Stunden neben ihm gesessen, er hatte, wenn er sich zu ihr beugte, um ihr eine Bemerkung zum Stück oder über Personen im Publikum ins Ohr zu raunen, ihre Schulter an der seinen spüren und ihr Haar riechen können, was ihn noch mehr erregte. Sie trug einen fürs Theater womöglich unpassenden schwarzen Hosenanzug – aber was war in Zeiten totaler Formlosigkeit schon unpassend? –: oberhalb des Gürtels eng, die Beine eher weit geschnitten, mit einem bis zum Schritt durchgehenden Reißverschluss auf der Vorderseite, den sie etwas zu weit geöffnet hatte, und ein Mann wollte bei dem Anblick einfach nichts anderes, als diesen Verschluss aufreißen und diesen Körper herausschälen. Die arme Anna trug das leicht aus der Mode gekommene Teil freilich nicht speziell deswegen, sondern weil sie nichts Besseres besaß, und den Reißverschluss hatte sie lediglich geöffnet, um in der Hitze des Zuschauersaals nicht zu kollabieren.

Elsässer befand sich also bereits im hormonellen Ausnahmezustand, als er mit ihr das Theater verließ. Um sich zu beruhigen, trank er zügig ein paar Gläser Wein, aber es half ihm nicht aus seiner Not, im Gegenteil, er schüttete quasi Benzin ins Feuer. Allerdings war Anna Simon, die selten Alkoholisches zu sich nahm, bereits vom Champagner in der Loge beschickert genug, um seinen aufgelösten Zustand noch recht wahrzunehmen. Stattdessen machte sie sich voller Elan über die Arrangements aus Austern, Hummer, Langusten und Seeteufel her, die der Koch zubereitet hatte, und schlürfte dazu noch ein Gläschen vom Jacques-Selosse-Champagner, während sich Elsässers Blicke im Spalt zwischen ihren Brüsten eingenistet hatten, von wo er sie aber noch in einer gewissen Regelmäßigkeit auf die Höhe ihrer Augen zwang.

»Wissen Sie eigentlich, wie aufregend Sie aussehen?«, fragte er mit kaum verhohlener Lüsternheit.

»Echt?«, erwiderte Anna Simon kauend und sah dann wie bestürzt an sich herunter. »Ach, entschuldigen Sie, es war so heiß im Theater«, setzte sie hinzu und schob den Reißverschluss nach oben, bis es nicht mehr weiterging.

»Aber was tun Sie da!«, protestierte Elsässer. »Das ist ja, als wenn man in einer Galerie das schönste Gemälde verhängt. Lassen Sie den Reißverschluss doch offen!«

»Das geht nicht«, widersprach sie.

»Warum denn nicht?«

»Na, weil – es ist unanständig.«

»Aber Kind, was reden Sie denn da? Es ist göttlich! Sie sollten dankbar sein dafür, dass Sie so vollendet gewachsen sind!«

»Ach, es ist eher unangenehm«, erwiderte sie und schlürfte etwas linkisch eine Auster. »Mm, das schmeckt so gut! Wann krieg ich schon mal Austern?«

»Wenn Sie wollen, jeden Tag. Warum ist es denn unangenehm?«

»Weil mich die Kerle immer so anglotzen und die Frauen mich deswegen hassen. Manchmal wünsche ich mir, ein Mauerblümchen zu sein – also äußerlich. Ansonsten bin ich ja eins.«

Entweder die Kleine ist gestört oder sie will mich auf den Arm nehmen, dachte Elsässer. Laut sagte er: »Wenn Sie ein Mauerblümchen sind, dann bin ich wohl ein Bettler.«

»Ein Bettler?«

»Der darum bettelt, dass Sie keinen Hitzschlag bekommen.«

»Wie bitte?« Anna Simon versuchte gerade das weiße Fleisch aus dem halbierten Hinterteil eines Hummers zu lösen, was sie momentan mehr in Anspruch nahm als ihr Gegenüber. »Ach so! Sie sind aber hartnäckig! Was haben Sie denn mit meinem Reißverschluss? Wissen Sie, ich habe ein Problem damit.«

»Mit Ihrem Reißverschluss?«

»Nein, Quatsch!«

Der Hummerschwanz löste sich unter dem energischen Zug ihrer Gabel, sodann freilich auch von dieser und schnellte über den Tisch. Er traf Elsässer mitten auf die Brust und fiel dann zurück auf den Tisch.

»Oh Gott!«, rief Anna Simon und legte erschrocken die Hand auf den Mund. Elsässer lachte dröhnend, spießte das rot-weiße Fleisch auf seine Gabel und reichte ihr den

Bissen über den Tisch hinweg. Sie zögerte einen Augenblick, dann erhob sie sich – der Tisch war ziemlich breit – und kam mit ihrem Mund der Gabel entgegen. Elsässer, der ebenfalls vom Stuhl aufgestanden war, spürte eine rasende Lust, nach ihren Brüsten zu greifen, die da lockend vor ihm schwebten, beschränkte sich schließlich aber auf ihr Handgelenk, das er mit der freien linken Hand ergriff.
»Womit«, schnurrte er, »haben Sie denn dieses Problem, wenn die Frage erlaubt ist?«

»Mit diesem Reduziertwerden auf mein Äußeres«, antwortete Anna Simon, während der Hummer den Weg zwischen ihre Lippen fand. Beide standen und beugten sich über den Tisch zueinander, was recht komisch aussah, aber es sah ja niemand zu – außer einem sichtlich amüsierten Satan und einem etwas skeptisch dreinschauenden *Herrn*.

»Es ist sehr unangenehm, wenn man ständig angemacht wird«, fuhr Anna Simon kauend fort und sank auf den Stuhl zurück. Elsässer sah sich vor die Alternative gestellt, entweder ihre Hand freizugeben oder in der albernen Haltung zu verharren. Er wählte Ersteres und nahm ebenfalls wieder Platz.

»Ich bitte Sie, Tausende Frauen wären glücklich, wenn sie so attraktiv wären wie Sie!«

»Finden Sie?«, fragte Anna Simon, während sie ihr Rapunzelhaar bei aufgestütztem Ellenbogen so durch die Hand gleiten ließ, dass es in einem beinahe rechten Winkel zur Wange stand, eine belanglose Geste, die Elsässer jedoch als ein zur Frage gehörendes Signal an seine Adresse verstand.

»Und wie ich das finde! Aber leider mögen Sie ja keine Männer ...«

»Habe ich das gesagt? Natürlich mag ich Männer!«

»Aber Sie mögen keinen Sex mit ihnen.«

»Sie drehen mir das Wort im Mund um. Ich mag nur nicht blöd angemacht werden.«

»Könnten Sie sich vorstellen« – Elsässer griff zur Champagnerflasche und schenkte zuerst ihr, dann sich nach, wobei er einen Teil des teuren Gesöffs auf den Tisch goss –, »mit mir eine Nacht zu verbringen?«

Anna Simon wunderte sich ein bisschen über sich selbst, weil diese Frage sie kaum befremdete. Der summende Klang seiner Stimme besaß etwas Anheimelndes und irgendwie Einlullendes, sogar jetzt noch, wo er ihr verbal auf die Pelle rückte. Da von ihrer anfänglichen Schüchternheit wenig übrig war, hatte das Ausbleiben sofortiger Abwehrreflexe wohl nichts mit Unterwürfigkeit zu tun. Letztlich war es aber der Panzer soliden Beschickertseins, der Anna Simon jene Gemütsruhe verlieh, mit welcher sie antwortete: »Vorstellen kann ich mir vieles. Aber das bedeutet natürlich gar nichts.«

»Mit der Vorstellung fängt alles an.«

»Aber vieles bleibt eben Vorstellung«, versetzte sie mit einem Lächeln, das ihr etwas anders geriet, als es sollte, und ziemlich frivol ausfiel – einer jener Momente, wo sie nicht als Person, sondern stellvertretend für ihr gesamtes Geschlecht agierte.

Elsässer verstand dieses Lächeln also im kollektiven Sinne richtig, wenngleich individuell falsch, wofür er nichts konnte, und nahm es als Ermunterung.

»Und was muss bei Ihnen passieren, damit die Vorstellung Realität wird?«

»Ich muss mich verlieben«, erklärte Anna Simon.

»Soll das heißen, Sie schlafen nur mit Männern, die Sie lieben?«

»Ja, aber selbstverständlich! Alles andere ist doch schweinisch!«

»Oh, schweinisch kann sehr schön sein.« Elsässer schürzte die Oberlippe bei diesen Worten. »Meine Liebe, ich machen Ihnen ein Angebot, das Sie nicht ablehnen können«, sagte er und fühlte sich in diesem Moment wie ferngesteuert, als ob irgendwer die Macht über ihn an sich gerissen hätte.

»Ein Angebot? Oh!«

»Sie bekommen«, sagte Elsässer nun beinahe förmlich, »nicht nur den Job in meiner Firma, um den Sie sich beworben haben, sondern ich sorge dafür, dass Sie noch im ersten Monat auf eine bessere Stelle befördert werden, mit doppelt so hohem Gehalt.«

»Und *dafür* soll ich mit Ihnen ins Bett gehen?«, fragte Anna Simon ungläubig.

Zugleich hatte eine kleine Rechenmaschine in ihrem Kopf den Betrieb aufgenommen, ohne ihr Zutun und sogar gegen ihren Willen. Anderthalb Zimmerchen in dieser, nun ja, bescheidenen Gegend, lauter Türken und Sozialhilfeempfänger, und die Einrichtung ist auch eher reif für den Sperrmüll, rechnete die Maschine ihr vor. Wie gern wäre sie dort weggezogen! Wie gern hätte sie sich ein schönes weißes Ledersofa gekauft! Und das Auto würde wohl auch nicht mehr durch den nächsten TÜV kommen. Ein neues war unerschwinglich, sie hatte noch Schulden bei der Bank wegen der Waschmaschine ...

Es war nicht leicht, sich von diesen Erwägungen loszureißen und mit einer gewissen Empörung auszurufen: »Ich bin doch nicht käuflich!«

Oje, sie zickt!, dachte Elsässer und erhob sich. Jetzt hilft nur noch eines, flüsterte eine Stimme irgendwo in seinem Kopf: das Honorar erhöhen. Maßlos erhöhen. Jeder Mensch ist käuflich. Es ist ein bisschen peinlich, aber nicht so peinlich, wie wenn sie abhaut ...

»Kind«, hörte er sich sagen, während er um den Tisch herumging und ihr eine Hand auf die Schuler legte, »ich will heute maßlos sein, weil du so maßlos schön bist. Ich schenke dir ein neues Auto. Wie wäre es mit einem Mercedes-Cabrio? Oder willst du lieber einen BMW?«

Anna Simon war fassungslos, sowohl über das Angebot selbst als auch über die Unverschämtheit, die daraus sprach, und über das plötzliche Du außerdem. In dieser Fassungslosigkeit fragte sie, was sie eigentlich gar nicht fragen wollte, nämlich: »Ist das Ihr Ernst?«

Elsässer sah sich schon diese prachtvollen Brüste freilegen und frohlockte vorfreudig. »Ist das ein Angebot?«, fragte er in jenem Ton, den Verkäufer anschlagen, wenn sie zum Sofa den Couchtisch gratis dazugeben.

»Nein«, sagte Anna Simon leise, »das ist total unanständig!«

»Aber was haben Sie denn?«, rief Elsässer jovial, zog sein Einstecktuch hervor und tupfte sich damit die Stirn ab, »die Welt ist nun mal nicht rund um die Uhr anständig. Bin ich denn ein solches Monstrum, dass man für einen guten Job und ein nagelneues Auto nicht ein gewisses Stündchen mit mir verbringen mag?«

»Sie sind ein Monstrum, weil Sie mir so etwas anbieten«, sagte Anna Simon und stand auf. »Ich möchte jetzt gehen.«

Noch einmal nahm Elsässer Anlauf. Es ging ihm nun ungefähr wie einem Pokerspieler mit vier Königen auf der Hand, der einfach nicht glauben kann, dass der andere tatsächlich vier Asse hat und nun alles von Wert auf den Tisch häuft, was er gerade bei sich trägt. Er war in zügelloser Gier entflammt nach diesem Körper, es durfte nicht sein, dass irgendein Wicht da draußen sich an ihm labte und er, Elsässer, nicht.

»Du glaubst mir nicht? Komm mit!«, befahl er, und zwar so energisch, dass seine Besucherin widerstandslos gehorchte. Sie folgte ihm mit in eines der anstoßenden Zimmer, und wenig später hatte er seinen Safe geöffnet und einige Zehntausend Euro in bar vor ihr ausgebreitet. Der Anblick von Bargeld, dachte er bei sich, hat doch immer etwas Überzeugendes.

»Das kannst du alles mitnehmen«, sagte Elsässer. »Morgen früh, wenn du nach Hause fährst, in deinem neuen Mercedes.«

Auch die solideste Festung wankt unter beharrlichem Beschuss. Es hieße lügen, Anna Simon sei unangefochten durch diese Situation gekommen, nur weil es am Ende so aussah. Es hatte schon vorher Männer gegeben, die sie mehr oder weniger kaufen wollten, nur stand niemals eine solche Summe im Raum. Sie hätte sich binnen einer Nacht, wie man sagte, materiell sanieren können. Augen zu und durch, dachte sie, Tausende Frauen schafften das, warum nicht du, dachte sie – nein, so dachte *es* in ihr –, aber da war eine Barriere, ein Ring innerhalb der Festung, der ohne zu wanken stand und hielt. Nein, sagte sie sich, sagte wiederum *etwas* in ihr, nicht für alles Geld der Welt.

»Ich möchte gehen«, wiederholte sie. »Es ist spät.«

Also doch kein neuer Job, dachte sie. Er wird sich an dir rächen, indem er dich rausschmeißt. Und als ob diese Erkenntnis sie frei machen würde von allen eventuellen Verpflichtungen gegen ihren Gastgeber, fügte sie hinzu: »Sie können mir ja ein Taxi spendieren.«

Da verlor Elsässer die Contenance. Berauscht von den vielen Gläsern Champagner, von der bereits seit Stunden in ihm rumorenden Vorlust auf diese Frau und vom Omnipotenzgefühl des Geldhaufenscheißenkönnens sowieso packte er Anna Simon bei der Taille und riss sie an sich. Das gelang ihm nicht ganz, denn sie war ein kleines bisschen schneller als er und hob schützend die Arme vor die Brust, an deren Unterseite sein Angriff einstweilen ins Stocken geriet. Dennoch spürte Elsässer ihre Hüftknochen und den herrlich festen Bauch darüber, ihr Haar kitzelte ihn, Blut schoss in sein Genital – da schlug es bei ihm ein. Elsässer verstand zunächst nicht recht, was passiert war, und löste seine Umklammerung. Seine Wange brannte, sein linkes Ohr schien taub geworden zu sein. Die Simon hatte ihm eine geklebt, richtig mit Schmackes.

Und wenig später war sie verschwunden.

* * *

Gott strich sich wohlgefällig über den Bart und sprach: »Siehst du wohl?«

»Abwarten!«, knurrte Satan.

* * *

Nach diesem Misserfolg hatte Elsässer zwei Probleme. Das erste war klar und ausrechenbar: Es würde peinlich sein, einer Frau in der Firma begegnen zu müssen, vor der er sich so die Blöße gegeben hatte und die, ein simples Ding aus dem Volk, über ihn, Herr über Hunderte Angestellte, triumphiert hatte. Theoretisch hätte er einfach der Personalchefin einen diskreten Wink geben können, dass die Simon ihre Probezeit nicht bestehen solle; die Singhammer hätte zwar vermutlich den Grund sofort erraten, doch das wäre zu verschmerzen gewesen. Praktisch sah es so aus, dass nun Problem Nummer zwei in Erscheinung trat, und diese Art von Problem war neu für ihn. Elsässer wollte gar nicht, dass Anna Simon aus seinem Haus verschwand. Sie gefiel ihm einfach zu sehr – und zwar nun nicht mehr ausschließlich im erotischen Sinn. Was er neulich an die Adresse der Personalassistentin einfach so dahingeschwätzt hatte, nämlich dass diese Bewerberin Persönlichkeit besaß, hatte sich wundersamerweise als zutreffend erwiesen. Er war Kontakt zu Menschen, die sich ihm gegenüber nicht verstellten und die ihn nicht umdienerten, kaum mehr gewohnt. Sein Geld brachte gewöhnlich jeden Widerspruch zum Verstummen, auch den des anderen Geschlechts. Die Dupré war nur die bisher prominenteste in der Galerie der von ihm auf diese oder jene Weise gekauften Frauen gewesen, aber so entschiedene Abwehr wie gestern war ihm noch nicht widerfahren. Eigentlich hatte seine gekränkte Eitelkeit ihm soufflieren wollen, diese Person, die ihn trotz seiner großzügigen Offerten zurückgewiesen hatte, wünsche ihm offenbar mitzuteilen, er sei in ihren Augen nichts wert. Tatsächlich aber konzentrierten sich seine Überlegungen zunehmend darauf, dass sie sich als unkäuflich entpuppt hatte, was ihm zu seiner eigenen Überraschung imponierte. Mit dem Rausch verflog die anfängliche Wut und verwandelte sich in Beschämung. Allerdings schämte er sich nicht darüber, dass sie ihn zurückgewiesen hatte, sondern dass er sie hatte kaufen wollen. Wie wild sie geworden war, wie ihre Augen gefunkelt hatten! Dieses Polo fahrende, ungebildete Mädchen aus irgendeiner armseligen Familie war stolzer als alle anderen!

Nein, er würde sie nicht rausschmeißen. »Wer abrutscht«, zitierte er morgens vorm Rasierspiegel eine alte Handwerkerweisheit aus seiner Heimat, »darf noch mal.«

Anna Simon ging es zur selben Zeit ziemlich elend. Ich stehe unter irgendeinem Fluch, dachte sie, ich kann in keiner Firma arbeiten, ohne dass meine verfluchte Anziehungskraft auf Männer mir binnen kurzer Zeit alles verdirbt. Hätte ich vielleicht annehmen sollen? Aber sie ekelte sich schon vor dem Gedanken. Andere hatten es da leichter, die wucherten einfach mit ihrem körperlichen Kapital und vögelten sich eine solide Existenz zusammen, sei es mit einem, sei es mit zwanzig Männern. Welche merkwürdige Barriere war dagegen in ihren Kopf gelegt worden. Von einem ihrer Kerle, mit dem sie ein paar Wochen zusammengelebt hatte, war ihr, kurz bevor sie ihn rausschmiss, gesagt worden, sie könne eben nur das Eine, und es sei Blödsinn, dass sie etwas anderes versuche, wer so ausschaue und so blase, brauche nicht reden, überhaupt sei es das Beste, wenn sie die Leute mit ihren Ansichten verschone und einfach nur mache, was sie so meisterhaft beherrsche, nämlich ficken; wenn sie den Mund zum Reden öffne, sei das ungefähr so trostlos, als wenn man den elegantesten Fußballer der Welt unmittelbar nach einem großen Spiel zu seiner Meinung über die Relativitätstheorie befrage. Es war nicht leicht gewesen, sich nach einer solchen Schmähung durch einen Menschen, von dem sie sich vielleicht nicht unbedingt geliebt, aber immerhin geachtet geglaubt hatte, wieder halbwegs selbstbewusst im Alltag zu bewegen.

Im Grunde, dachte sie, während sie sich mechanisch einen Kaffee machte, brauche ich gar nicht mehr zur Arbeit zu fahren. Ich habe den Besitzer des Unternehmens geohrfeigt! Aber was begrapscht er mich auch wie ein Irrer? Ich bin ja selber schuld, was gehe ich zu ihm nach Hause? *Nach Hause.* Sie musste unwillkürlich lächeln bei dieser Bezeichnung, weil sie ihr so skurril unpassend erschien. Sie war schon öfter zu irgendeinem Kerl *nach Hause* gegangen, mal hatte sich dieses Zuhause als ein unaufgeräumtes Ein-Personen-Appartement mit zerwühlter Schlafstatt auf der Erde entpuppt, mal war es eine bieder eingerichtete Etage in einem biederen Vorstadthäuschen gewesen, und auch schon mal ein Penthouse über den Altbaudächern des Zentrums. Aber das waren durchweg Zuhauses, die in irgendeiner Relation zu ihrem Besitzer standen und die man in höchstens zwei Minuten bequem durchschreiten konnte. Dieser Palast von gestern hatte mit alldem nichts zu tun. Das war kein Zuhause gewesen, bei dem man genau wusste, wo das Bett stand und was der Typ, dem es gehörte, mit einem vorhatte. Es war einfach – sie suchte nach dem passenden Wort – *zu offiziell*, um eine eventuelle sexuelle Gefährdungslage mit zu bedenken. Der moderne Mensch zieht sich ja eher in verschwiegene Nischen und Zimmerchen zurück, um seinen erotischen Vergnügungen nachzugehen; wie hätte da Anna Simon denken sollen, dass man ihr ausgerechnet in einem solchen Saal, wo ein Bediensteter und ein Koch vor der Tür harrten, auf die Pelle rücken würde? Außerdem war es gar nicht Elsässers Zuhause, er hatte nicht zu ihr gesagt, er lade sie zu sich nach Hause ein, sondern: *Kommen Sie zum Dinner in mein Stadtpalais.*

Ich konnte ja nicht einfach Nein sagen, sagte sie in Gedanken traurig zu sich, immerhin ist er nicht nur der Chef dieses Unternehmens, nein, es gehört ihm sogar. So einem sagt man nicht Nein.

Unsinn, man kann immer ablehnen!, widersprach sie sich. Du bist dort hingegangen, weil du neugierig warst, wie so einer lebt, und weil du dachtest, irgendetwas Positives könnte schon für dich herausspringen!

Neugierig vielleicht, und das ja wohl auch mit Recht, denn wann werde ich jemals wieder so ein Haus und so einen Haufen Bargeld sehen? Aber ich hätte doch niemals gedacht –

Mach dich nicht naiver, als du bist! Wer weiß, was du in verschwiemelten Ecken deines Hinterkopfes alles gedacht hast, wortlos gedacht sozusagen.

Der Kerl ist mir unangenehm!

Ja, das sagst du jetzt, nachdem er sich so aufgeführt hat. Vorher fandest du ihn nett, weil er freundlich zu dir war, obwohl du ihn beschimpft hattest.

Aber ich habe ihn doch nicht als Mann wahrgenommen!

Nur weil er ein bisschen klein ist? Jeder Mann ist ein Mann. Und der stellt etwas dar in der Welt. Er beschäftigt ein paar Hundert Leute. Nie wieder wird dir ein Mann so viel bieten.

Er hat eine Familie, ich wäre nichts als sein Flittchen gewesen!

Ist es vielleicht besser, jeden Morgen an irgendeinem Schreibtisch zu erscheinen, sich von irgendwelchen Vorgesetzten herumkommandieren und sich das Leben schwer machen zu lassen? Vielleicht hättest du einfach nachgeben sollen. Was ist denn schon dabei? Eine schlimme Nacht gegen tausend schlimme Tage ...

Habe ich das eben wirklich gedacht?, fragte sich Anna Simon.

Sie trat vor den Spiegel und sah sich in die Augen. Das Spiegelbild gab keine Antwort.

* * *

Ungeachtet ihrer bösen Ahnungen ging Anna Simon wieder ins Büro. Was sollte sie auch sonst tun? Dort geschah allerdings – nichts. Zwar lebte sie in der ständigen Furcht, Elsässer werde plötzlich vor ihrem Schreibtisch stehen und sie entweder zum Essen oder zur Personalabteilung bitten, doch bekam sie den Mann in den folgenden Tagen weder zu Gesicht, noch hörte sie auch nur ein Wort von ihm. Nach einer Weile schien es, als hätte sich der fatale Abend gar nicht ereignet, und von Tag zu Tag beruhigte sie sich ein bisschen mehr. Nachdem die Gefahr vorüber schien, war sie fast ein bisschen enttäuscht. Vor Kurzem hatte eine Nacht mit ihr noch den Wert eines neuen Mercedes und einiger Tausend Euro in bar besessen. In einem gewissen Sinne war dies vermutlich der Höhepunkt ihrer Existenz als Frau gewesen. Sie hatte ihre moralische Integrität teuer erkauft. Wie teuer, erhellte allein daraus, dass keine ihrer Freundinnen oder Bekannten diese Geschichte geglaubt haben würde. Sie konnte denen den Vorfall gar nicht erst erzählen. Was auch mit dazu beitrug, dass die

Angelegenheit sich in der Rückschau immer fantastischer und unwirklicher ausnahm, bis ...

... Anna Simon eines Tages im Gang – sie beugte sich gerade über den Kopierer, weil irgendetwas mit dem Papiernachschub nicht stimmte – eine Stimme hörte, die sie gut kannte und die sie zusammenfahren ließ.

»Frau Simon?«

Langsam drehte sie sich um. Vor ihr stand Elsässer, wie immer tadellos gekleidet, der diesmal anthrazitfarbene Anzug saß perfekt, die Hände waren maniküirt, das Haar frisiert und nachgefärbt. Am aufgeknöpften Kragen seines weißen Hemdes hing leger eine bordeauxfarbene Krawatte.

»Ja bitte?«

»Ich möchte mich bei Ihnen entschuldigen«, sagte er mit gedämpfter Stimme.

»Hier auf dem Gang?«, flüsterte Anna Simon; es war das Einzige, was ihr zu dieser überraschenden Wendung einfiel.

»Ich kann Sie in einer Viertelstunde in mein Büro rufen – ich meine, bitten – lassen, einverstanden?«

Elsässer schaute treuherzig, und Anna Simon, die bei diesem Blick an den Irish Setter denken musste, den sie als Mädchen besessen hatte, verzieh ihm spontan.

»Ja wenn Sie meinen ...«, hauchte sie.

Der Job war also nicht verloren.

Elsässer machte eine Art Diener, sagte: »Dann bis gleich«, und entfernte sich. Sie sah ihm nach und versuchte irgendetwas aus seinem Gang zu lesen. Aber da war nichts zu lesen, außer dass der Mann es nicht eilig hatte und eher wandelte als ging. Ein beneidenswertes Dasein, dachte sie, nie rief jemand nach ihm, nie kommandierte ihn wer herum, nie fehlte es ihm an Zeit und Geld.

Eine Viertelstunde später trat sie in Elsässers Kommandozentrale, für die es eine eigene Halbetage mit separatem Eingang gab. Vor dem Allerheiligsten hielten drei Sekretärinnen Wache: eine dürre Endvierzigerin, die ein Gesicht aufgesetzt hatte, als diente sie dem Kaiser oder wenigstens dem amerikanischen Präsidenten, sowie zwei jüngere, sehr gepflegte Damen, die ersichtlich unter ihrer Fuchtel standen. Alle drei waren sich jedoch im stummen Kommentar ihrer Mimik einig, was die Bewertung von Elsässers nunmehriger Besucherin betraf. Ihre abschätzigen Blicke deprimierten die arme Anna Simon, denn sie hatte schließlich nicht nur nichts dergleichen verdient, sondern sogar demonstriert, dass sie exakt zur Gegenseite gehörte.

»Was machen Sie denn für ein betrübtes Gesicht?«, empfing Elsässer sie, nachdem ihr eine der beiden jüngeren Conciergen leicht unwillig die Doppeltür, deren Innenseiten gepolstert waren, geöffnet hatte. »Sind Sie mir denn immer noch sehr böse? Ich war nicht Herr meiner selbst, das kommt vor bei besonders umwerfenden Frauen.«

Wieder offenbarte seine Stimme dieses Summende, Säuselnde, Einlullende. Er war hinter seinem Schreibtisch hervorgekommen, der schlicht und schmucklos war, aber enorme Ausmaße besaß. Auf der riesigen schwarzen Holzplatte standen lediglich zwei Telefone sowie eine Ablage für Füllfederhalter, und Anna Simon gedachte der alten Maxime: Je leerer und aufgeräumter der Schreibtisch, desto höher der Rang des hinter ihm Sitzenden. Das hier besaß Bundeskanzlerniveau. Der Raum war sehr groß, außer dem Schreibtisch hatten noch eine Sitzecke sowie ein runder Konferenztisch mit sechs Stühlen mühelos darin Platz gefunden. Eine Seite bestand komplett aus Fenstern, von der anderen gingen zwei Türen in angrenzende Zimmer ab. An den Wänden hingen mehrere Bilder von grotesker Hässlichkeit, die aussahen wie gegenstandslose Kinderschmiereien, nur ohne die Fröhlichkeit von solchen, und die sichtlich von der Hand ein und desselben Künstlers stammten. Sie passten in einem gewissen Sinne zur unterkühlten Einrichtung des Büros. Ohne dass es ihr bewusst gewesen wäre, verzog Anna Simon bei ihrem Anblick das Gesicht.

»Gefallen Ihnen die Bilder nicht?«, erkundigte sich Elsässer.

»Gibt es irgendeinen Menschen, dem sie wirklich gefallen?«

Elsässer lachte. »Sie sind von einer erfrischenden Offenheit«, erklärte er. »Ja, Sie haben wohl recht, ›gefallen‹ ist kein Wort für diese Art von Kunst. Es sind Arbeiten von Walter Stöhrer.«

»*Arbeiten?*«

»Ja. Man nennt sie vermutlich deshalb so, um zu verbergen, dass ihre Herstellung nicht viel Arbeit erfordert hat. Letztlich hängt sich jemand so etwas an die Wand, um zu zeigen, dass er Geld hat.«

»Aber diese Bilder sind nicht schön.«

»Das mag sein. Aber was soll ein Maler heutzutage malen, wo doch auf der Leinwand längst alles gesagt ist? Welchen Maler mögen Sie denn?«

Anna Simon war kein gebildeter Mensch, sie las zwar hin und wieder ein Buch, doch meistens handelte es sich um Literatur über Engel, spirituelle Erkenntnis oder die Lehren des Buddha. Aber sie mochte Bilder und besaß einen ausgeprägten Sinn für schöne Farben und gelungene Kompositionen. Außerdem hatte es in ihrem Leben eine kurze, stürmische Liaison mit einem Kunststudenten gegeben, der ein großer Liebhaber der Malerei des Diego Velázquez gewesen war und diese Leidenschaft in einem gewissen Maße auf sie übertragen hatte. Wenn Anna Simon in irgendeiner fremden Großstadt war, was selten genug vorkam, besuchte sie dort in der Regel auch die Kunstmuseen. Wie alle Frauen mochte sie am meisten die Impressionisten, doch hatte der kunstbeflissene Liebhaber ihr damals im Wiener Kunsthistorischen Museum am konkreten Gegenstand gezeigt, dass im Malstil von Velázquez, unter anderem, der gesamte Impressionismus stecke.

»Ich mag Renoir und Manet«, gab sie zur Antwort, »und vor allem Velázquez.«

Elsässer, der irgendeinen Unsinn als Antwort erwartet hatte, machte vergleichsweise große Augen.

»Wissen Sie«, sagte er, »dass ich in meinem Unternehmen noch nie jemanden den Namen Velázquez habe aussprechen hören? Ich habe einen Velázquez in der Bibliothek.«

»Was? Einen Velázquez? Hier?«

Anna Simon schüttelte ungläubig den Kopf.

»Kommen Sie, ich zeige es Ihnen.«

Elsässer führte sie in eines der anstoßenden Zimmer, und es war, als hätten sie damit die Jahrhunderte gewechselt. Der Raum war eingerichtet wie ein englisches Herrenzimmer, zwei wuchtige schwarzbraune Ledersofas, im rechten Winkel zueinander stehend, beherrschen die eine Ecke, ein thronartiger Ledersessel mit Fußbänkchen und Leselampe die andere; die dunkelbraunen, massiven Regale reichten bis zur Decke und standen voll mit Büchern, nahezu sämtlich in Leder gebunden, und inmitten der Regalfront den Fenstern gegenüber war ein Raum von ungefähr anderthalb Quadratmetern ausgespart. Dort hing das Gemälde eines jungen Mannes, der dem Betrachter die rechte Seite zukehrte und ihn mit stolzem, fast hochmütigem und zugleich etwas traurigem Blick ansah, bärtig, schwarzlockig, von mulattenhaftem Teint, im dunkelgrünen Rock mit weißem Spitzenkragen, den rechten Unterarm angewinkelt und mit der Hand den Mantel greifend.

»Dieses Bild kann nicht von Velázquez sein«, befand Anna Simon, nachdem sie es eine Minute betrachtet hatte.

»Warum nicht?«

»Weil ... weil ... wie soll ich es sagen ... weil Velázquez immer die Seele der Menschen mitgemalt hat. Und hier ist sie nicht mitgemalt. Ich weiß, ich drücke mich ungeschickt aus ...«

»Im Gegenteil. Sie haben schon wieder recht. Was Sie sagen, trifft es genau. Gescheiteres hat kein Kunstwissenschaftler über den großen Spanier geschrieben. Es ist natürlich eine Kopie. Das Original hängt im Metropolitan Museum in New York. Ich habe Kunstwissenschaften studiert, müssen Sie wissen, bevor ich diese Firma übernahm. Übernehmen musste – mein Vater wollte es so.«

Der verquere Abend schien niemals stattgefunden zu haben, und Anna Simon fand den Mann auf einmal nett. Elsässer erzählte von seiner Studentenzeit, von seiner Schwärmerei für die Künste, der er mit seinem Studium, mit seiner Promotion und zahlreichen Bildungsreisen habe folgen können, bis ihn der unausweichliche Befehl seines Vaters, eines echten Patriarchen mit entsprechend autoritären Allüren, in die Firma berief. Er erzählte von Madrid, Venedig und Florenz, wo sich ihm Türen öffneten, hinter die der Normalverdiener nie blicken durfte, sprang von der italienischen Renaissance zur Biennale, verweilte kurz auf Capri, schipperte mit einer Yacht vor der Côte d'Azur, pries den Geruch von Frankreichs Süden und landete plötzlich in Schanghai. Die beiden schienen vergessen zu haben, warum Anna Simon überhaupt hier war. Sie wusste es streng genommen auch nicht. Elsässer hatte sich entschuldigen wollen, und das hatte er quasi getan.

»Du lieber Himmel, ich sitze hier schon über eine Stunde!«, rief Anna Simon auf einmal, nachdem sie zufällig auf ihre Uhr geschaut hatte. »Ich muss in mein Büro!«

Elsässer sah aus, als ob er aus einem schönen Traum erwachte. Dann trat ein beinahe mitleidiges Lächeln auf sein Gesicht, und er sagte: »Machen Sie sich keine Sorgen, wenn Sie bei mir sind, wird niemand auf die Idee kommen, nach Ihrem Verbleib zu fragen.«

»Aber meine Arbeit bleibt liegen, und ich muss Überstunden machen«, entgegnete sie. Dann fiel es ihr wieder ein: »Warum sollte ich eigentlich zu Ihnen kommen?«

Elsässer antwortete mit einer Gegenfrage: »Gefällt Ihnen Ihre Arbeit?«

»Gefallen? Na ja, es ist halt ein Job.«

»Ich wollte Ihnen vorschlagen, meine Assistentin zu werden. Keine schlecht bezahlte Stelle übrigens.«

Anna Simon sah ihn mit großen Augen an. War das wieder Anmache? Eine Aufstiegschance? Beides zusammen?

»Aber woher wollen Sie denn wissen, ob ich dazu geeignet bin?«

»Glauben Sie mir, ich weiß es.«

»Außerdem«, sagte Anna Simon und dachte an die gehässigen Blicke der Sekretärinnen, »will ich niemandem ins Feld treten.«

»Auch das tun sie nicht. Meine Assistentin hat gekündigt, weil sie umzieht.«

»Dann warten doch bestimmt andere auf diese Stelle.«

»Nein, niemand. Sie brauchen nichts zu befürchten.«

»Nichts?« Anna Simon atmete tief durch. »Auch keine Privateinladungen?«

»Heiliges Klabauterehrenwort!«, sagte Elsässer mit einem Lächeln, in das sich ein kaum bemerkbarer, irgendwo unterhalb der Mundwinkel angesiedelter Zug von Enttäuschung wob.

Anna Simon, die eben noch mit durchgedrücktem Rücken und wie sprungbereit gesessen hatte, sank nun in sich zusammen und machte einen Buckel wie eine Katze.

»Was hätte ich denn zu tun als Ihre Assistentin?« – –

Wie sie mich anschauen, dachte die junge Frau, als sie eine Viertelstunde später Elsässers Büro verließ und an den drei Vorzimmerhyänen vorbeilief. Als ob ich tatsächlich hierhergekommen wäre, um mich nach oben zu schlafen. Sie werden es immer denken, erst recht, wenn ich das Angebot annehme. Das scheint sein Preis zu sein.

* * *

Also wurde Anna Simon Elsässers Assistentin, und davon abgesehen, dass sie nicht tat, worauf ihr neuer Chef im Innersten hoffte, erfüllte sie alle seine Wünsche so schnell und gründlich, dass nicht das kleinste Wölkchen je über den Himmel des dienstlichen Verhältnisses der beiden zog. Wobei zu Elsässers Gunsten angemerkt werden muss, dass er keinerlei Überredungs- oder gar Nötigungsversuche unternahm. Außer täglichen Komplimenten und ein paar selbstironischen Bemerkungen über die Vergeblichkeit seiner Hoffnungen passierte kein Wort Elsässers Lippen, das sich, selbst nach den Maßstäben einer feministischen Frauenbeauftragten, als Anmache hätte interpretieren lassen. Der Mann schien geradezu wie ein Philosoph mit der Situation umzugehen. Anna Simon konnte nicht wissen, dass er zu dieser Zeit zwecks seelischer und vor allem hormoneller Stabilisierung die Dienste einiger exklusiv tätiger Prostituierter in Anspruch nahm. Doch wenn sie gegangen waren, dachte er an die Simon (die Dupré hatte er längst vergessen).

Einmal hatte Anna Simon ihren Chef auf einer seiner Geschäftsreisen nach Schanghai begleitet und dort unter seinen chinesischen Geschäftspartnern für ein gewisses Aufsehen gesorgt; mehrmals war sie als *Frau Dr. Elsässer* angesprochen worden. Leider war Elsässers Terminplan inklusive der Abende so übervoll, dass sich seine Assistentin den Longhua-Tempel und die berühmten Figuren im Jadebuddha-Chan-Tempel allein ansehen musste. Die gleichsam von Hunderten Startrampen aus in den Himmel schießende Riesenstadt mit ihren wimmelnden Menschen hatte Anna Simon sowohl beeindruckt als auch entsetzt. Die Massen von Tieren etwa, die hier alltäglich in Millionen Töpfe und Bratpfannen wanderten, erfüllten sie mit Grausen, ebenso wie der Verkehr, der Gestank und das Fehlen jeglichen Grüns; zugleich war sie beeindruckt von der Kraft und aggressiven Vitalität dieses Molochs, vom nahezu körperlich spürbaren Aufstiegswillen seiner Bewohner. Während Elsässer, wenn er von einem Hochhaus über das Stahlbetongebirge blickte, dort unten nur Kunden und Arbeitskräfte sah, bekam Anna Simon es mit der Angst zu tun. Die oder wir, dachte sie, entweder sie bringen sich mit ihrem eigenen Tempo um, oder sie quetschen uns an die Wand.

Da ihr Chef sich an diesem Ort sichtlich wohlfühlte und fast nie allein war, unterließ sie es, ihn mit solchen Gedanken zu behelligen. Erst am letzten Abend in der Hotelbar hatte sie die Gelegenheit, ihm ihr Erschrockensein mitzuteilen. Schanghai, erklärte sie ihm, verkörpere genau das Gegenteil von dem, was sie sich unter Asien vorgestellt hatte.

Die erste Asienreise sei immer mit einem Schock verbunden, hatte Elsässer ihr versichert; wenn sie spirituelle Erfahrungen suche, müsse sie nach Indien fahren, aber auch dort werde sie um den Schock nicht herumkommen. Aber es seien nun mal die beiden größten Völker der Erde, die Zukunft des Planeten werde hier mitbestimmt, wenn nicht gar entschieden, und ganz so falsch könne ja nicht sein, was hier geschehe, denn sonst wären diese Länder nicht so reich an Menschen.

Die *Titanic* sei auch voller Menschen gewesen, war das Einzige, was Anna Simon als Antwort einfiel, und Elsässer hatte gelacht und geantwortet, dass er sie ja verstehe, ihm werde auch mitunter angst und bange angesichts dieses rohstoffvertilgenden Ameisenhaufens.

An diesem Abend waren sich die beiden etwas nähergekommen, das heißt, näher als im gewöhnlichen Berufsalltag in Lochhausen bei München, nicht jedoch näher im Sinne von Elsässers Wünschen. Anna Simon war nach wie vor eine uneinnehmbare Festung. Immerhin hatte sie ihm an diesem Abend einiges von sich offenbart, sie hatte von ihrem verkorksten Elternhaus erzählt, von ihrem Glauben an die Liebe und von ihren ethischen Idealen. Sie erklärte, dass sie nicht an Gott glaube, aber an das Göttliche, welches irgendwie im Kosmos walten müsse, weil sonst doch alles sinnlos sei. Sie sprach über die Lehren des Buddha und über das menschliche Ego, das immer alles zunichte mache, sie sagte kluge Sätze wie: »Das Ego ist sozusagen die Polizei im Menschen, ganz ohne Ego könnte ein Mensch gar nicht überleben, nur herrscht in den meisten leider ein Polizeiregime.« Und irgendwann wollte sie Elsässers Sternzeichen wissen, um dann lachend festzustellen, es sei ja kein Wunder, dass zwischen ihnen nichts laufe, Widder und Schütze, das passe nun mal nicht zusammen.

Ob sie denn an so etwas glaube, hatte er, ebenfalls lachend, gefragt und erzählt, er habe einen Bekannten, der sei sowohl dem Sternbild als auch dem Aszendenten nach Löwe und dennoch erschütternd unegozentrisch. Wie sich das denn mit den Horoskopweisheiten vertrage? Sie hatte erwidert, dass wir ja auch glauben, der Bus käme um diese und jene Zeit, weil er eben meistens um diese Zeit kommt, und ein paar Verspätungen oder gar Ausfälle nähmen uns den Glauben an den Fahrplan nicht; genauso verhalte es sich mit den Sternzeichen, so wie der Bus fast immer wie im Fahrplan anrolle, so passten die Beschreibungen fast immer auf den jeweiligen Menschen, das sei x-fach erwiesen.

»Aber den Fahrplan hat jemand geschrieben!«, rief Elsässer.

»Ja, eben!«, bekam er zur Antwort. »Merkwürdig, nicht wahr?«

Ganz am Ende des Abends hatte sie ihn gefragt: »Bereuen Sie es eigentlich, mich eingestellt zu haben?«

»Warum sollte ich?«, hatte er geantwortet.

»Na ja, Sie wissen schon.«

Klar wusste er. Die Antwort wäre ein Einerseits-Andererseits gewesen, doch Elsässer hatte keine Lust auf Differenziertheiten. »Sie sind ein außergewöhnlicher Mensch«, sagte er. »Es ist schön, dass Sie bei mir sind, wie eng auch immer!«

Er brachte sie zu ihrer Tür, küsste ihr zum Abschied die Hand, und ging auf sein Zimmer. Vierundzwanzig Stunden zuvor hatten um diese Zeit zwei schöne junge Chinesinnen in seinem Bett gelegen. Da Anna Simon extra dafür gesorgt hatte, dass ihre Unterkünfte in verschiedenen Flügeln des Hotels lagen – für ihn hatte sie die übliche Suite gebucht, für sich das zweitbilligste Einzelzimmer –, hatte er nicht befürchten müssen, in irgendeinen Konflikt mit ihren ethischen Idealen zu geraten. Er hatte den beiden Chinesinnen Namen gegeben, »You Anna!« und »You Simon!«, hatte er zu ihnen gesagt und sie aufgefordert, die Namen laut zu rufen, während er sie vögelte, was nach einigen Verständigungsschwierigkeiten auch bestens funktionierte, von ihm angefeuert, riefen sie enthusiastisch »Anna!« und »Simon!«, bei den Asiatinnen herrschte ja noch Disziplin.

Wenn Anna Simon davon gewusst hätte, wäre sie vermutlich mit einem etwas weniger warmen Gefühl für ihren Chef aus Schanghai nach München zurückgekehrt. Elsässer hatte ihr in der Hotelbar auch erklärt, wie allein er sich fühlte und wie allein er tatsächlich war, bei seinen Vermögensverhältnissen, hatte er gesagt, gebe es keine Freunde und keine Liebe in der Welt, er könne letztlich, außer seinen Kindern, niemandem trauen. Und wieder sprach jene innere Stimme zu ihr, die sie schon vom eklatösen ersten Abend kannte. Er ist doch ein netter Mensch, sagte sie, vielleicht ist er der Mann deines Lebens, vielleicht lernst du es, ihn zu lieben, und da sie inzwischen selber ausreichend Geld verdiente und sowohl ein neues Sofa als auch ein (auf Raten gekauftes) kleines neues Auto besaß, kam ihr auch der Gedanke des Sich-Prostituierens nicht mehr. In Lochhausen bei München galt es sowieso als ausgemacht, dass die neue Assistentin und der Chef ein Verhältnis hatten, weshalb Anna Simon im gesamten Haus, speziell aber auch von gewissen Vorzimmerdamen, mit ausgesuchter Höflichkeit behandelt wurde. Die Blicke in ihrem Rücken meinte sie dennoch zu spüren, aber sie waren ihr egal geworden.

* * *

Die Ereignisse wiederholten sich. Diesmal trafen der Unternehmer Dr. Hubertus Elsässer und seine Assistentin in Ljubljana ein, sie stiegen im besten Hotel der Stadt ab, mit getrennten Zimmern, die diesmal etwas näher beieinanderlagen, entweder weil das Hotel kleiner war oder weil Anna Simon nicht mehr so genau darauf geachtet hatte. Diesmal war Anna Simon beim abendlichen Geschäftsessen mit von der Partie. Diesmal trug sie weder Hosenanzug noch Businesskostüm, sondern ein schwarzes

Kleid mit einem nicht allzu tiefen, aber doch einladenden Ausschnitt. Diesmal ergab es sich, dass sie gegen 23 Uhr in Elsässers Suite saß und mit ihm noch ein Glas Champagner trank. Diesmal fand sie Elsässers Geplauder nicht mehr nur angenehm, sondern beinahe hypnotisch und herzerwärmend. Diesmal wehrte sie ihn nicht ab, als er sich an sie pirschte, zunächst ihre Hand hielt, dann ihre Wange streichelte, bis er schließlich seine Nase in ihrem Dekolleté vergrub. Diesmal bekam Elsässer zu sehen und zu fassen, wonach er sich seit Monaten verzehrte: Anna Simons prachtvolle Brüste. Er küsste sie und zog die Halbentblößte sanft auf das riesige Bett ...

Und Anna Simon? Sie sah durch Elsässers etwas schütteres Haar seine rosigblasse Kopfhaut, sie fühlte, wie sich die flexible Kugel seines Bauches gegen den ihren presste, der flach war und fest, sie betrachtete verwundert seine manikürten, aber etwas wulstigen Hände, die wie zwei orientierungslose Ameisen an ihrem Körper auf und ab rasten, bis sie kurz davon abließen und sich am Hosenstall ihres Besitzers zu schaffen machten, sie erblickte das sich zwischen den beiden Zahnreihen des Reißverschlusses wie nach einem langem Schlaf gleichsam gähnend aufrichtende Genital ihres Chefs, einen leicht gekrümmten, millionenschweren Schwanz – und etwas in ihr schrie: Nein!

»Ich kann das nicht!«, rief sie und entwand sich seinem Griff, sie flutschte förmlich unter ihm hervor, rollte sich von der Schlafstatt und sprang auf die Füße.

»Es tut mir leid, aber ich kann das nicht«, wiederholte sie etwas leiser, doch sehr entschieden.

Während sie diese Worte sprach, schob sie das Kleid wieder über die Schultern und suchte nach ihrem BH, der unter den Stuhl gefallen war. Elsässer sah ihr mit der Fassungslosigkeit eines Kindes zu, dem ein böser Mensch eine Süßigkeit zuerst minutenlang vor den Mund gehalten und dann wieder weggenommen hat. Er hob die Hand für eine sehnsüchtig-verzweifelte Geste. Dann sank sie so kraftlos herab wie nahezu synchron sein Schwanz.

Anna Simon hatte ihre Garderobe notdürftig wiederhergestellt. Den BH hielt sie zusammengeknüllt in der Hand.

»Es tut mir leid!«, sagte sie und verließ eilends das Zimmer.

Ich werde wohl kündigen müssen, dachte sie auf dem Flur. Und wie zahle ich die Raten fürs Auto? Alles fing wieder von vorne an. Es war in der Tat ein Fluch.

Elsässer saß auf dem Rande des Bettes. Mit dem typischen Maulwurfsblick des Brillenträgers ohne seine Gläser, bleich, das Haar zerzaust und teilweise in die Stirn hängend, bot er ein Bild des Jammers und der Niederlage.

Er saß dort ungefähr eine halbe Stunde, ohne sich zu rühren. Dann rief er bei einem speziellen Herrn an, den er von vorherigen Ljubljana-Besuchen kannte, und forderte ihn auf, zwei schöne Sloweninnen im Hotel vorbeizuschicken, wie immer.

* * *

»Unentschieden, würde ich vorschlagen«, sagte Satan.

»Quatsch!«, raunzte der *Herr* ihn an. »Du hast so was von verloren …«

UNORDNUNG UND
ZU FRÜHE FREUD

D er Verleger war sehr erstaunt, als er die Bilanz las. Während sämtliche Zeitschriften seines Hauses entweder an Umsatz verloren hatten oder mühevoll ihr Level hielten, was nach allgemeiner Übereinkunft dem Siegeszug des Internets zuzuschreiben war, hatte das Monatsmagazin *Woman's Best* seine Auflage im vergangenen Vierteljahr mehr als verdoppelt.

»Sieh einer an«, brummte der Verleger leise vor sich hin, »dieses Zeug verkauft sich also.«

Seine Frau – genauer, seine zweite Frau (sie war von ihm inzwischen durch eine dritte ersetzt worden) – hatte ihm versichert, man belächle ihn überall wegen solcher Produkte wie *Woman's Best*. Sogar inmitten seiner anderen, wie sie sagte, *journalistischen Prominentenmüllaufbereitungsanlagen* sei *Woman's Best* noch peinlich, mit *Woman's Best* habe er den *journalistischen Marianengraben* erreicht. Das fand der Verleger denn doch ein bisschen übertrieben. Gewiss, in seinem Haus erschienen ausschließlich Frauen- oder sogenannte People-Magazine, aber es gab nun einmal deutlich mehr Frauen als Intellektuelle auf der Welt. *Woman's Best* war eine Neugründung, die einzige seit vielen Jahren, in diese neue Redaktion hatte man, wie es sein kaufmännischer Vorstand formulierte, Mitarbeiterinnen *umgeschichtet*, die in den anderen Zeitschriften kaum mehr benötigt wurden, weil diese Zeitschriften wegen der sinkenden Auflagen und des nachlassenden Anzeigengeschäfts immer dünner wurden. Diese *umgeschichteten* Mitarbeiterinnen waren allerdings weder schlechter noch besser als die anderen, Kriterien wie gut oder schlecht gab es in seinem Verlag ohnehin nicht, es gab nur Hierarchien. Nie war ihm eine Redakteurin oder Autorin durch eine speziell ihren Beruf betreffende Eigenschaft aufgefallen, zum Beispiel einen originellen Schreibstil oder durch eigenwillige Themen, diese Damen fielen eher durch ihre Frisuren, ihre Schuhe oder ihre Handtaschen auf, die Jüngeren oft durch eine beachtliche Attraktivität, doch über den von ihnen fabrizierten Blättern waltete die Uniformität des Lifestyle-Journalismus, der Unterschiede offenbar nur auf Seiten seines Gegenstandes zuließ, nie jedoch auf Seiten seiner Beschreiber. Es war also vergleichsweise unwahrscheinlich, dass der Auflagensprung des neuen Magazins etwas mit dessen Redakteurinnen zu tun hatte.

Der Verleger blätterte zerstreut in der neuesten *Woman's Best*-Ausgabe und versuchte das besondere Prinzip zu entdecken, welchem die Aneinanderreihung von Themen und Fotostrecken gehorchte. Er fand keins. Dieses Blatt unterschied sich partout nicht von anderen Frauenzeitschriften, weder von denen, die in seinem Verlag hergestellt wurden, noch von denen der Konkurrenz. Zumindest konnte er, der dieses Zeug ja immerhin verlegte, keinen Unterschied erkennen. Neben einigen typischen Geschichten über den beispielhaften und also eminent nachahmungswürdigen »Style« der Stars hagelte es »40 Tipps gegen den Winterspeck«, ein »Wellness-Trend« namens »Color-Balancing« ward herbeigefaselt, ein »Aphrodite-Workout« samt »Body-Love-Faktor«-Test hinzuerfunden, ein Interview mit einem Hollywood-Starlet zweit- oder drittverwurstet, dazwischen gab es Bekleidungs-, Beziehungs- und Trennungstipps, eine Tantra-Lehrerin versprach der Leserin den ultimativen Orgasmus, kurz, es war dasselbe Zeug, das in turnusmäßiger Öde in allen diesen Zeitschriften stand, egal in welcher Weltgegend, und das ihn jahrelang immer reicher gemacht hatte, in letzter Zeit indes nicht mehr so recht. Weshalb aber nun ausgerechnet *Woman's Best* als einziges seiner Produkte derzeit und vor allem dermaßen antizyklisch Gewinn ablieferte, blieb ihm schleierhaft.

Der Verleger warf das quasi über Nacht zum Mysterium gewordene Magazin missmutig auf seinen Schreibtisch. Was ihm, der immerhin das humanistische Gymnasium besucht hatte, als Einziges auffiel, war die Tatsache, dass es in *Woman's Best* überhaupt keine Überschrift mehr ohne irgendwelche Anglizismen im wüsten Bindestrichsalat mit deutschen Wortresten gab. Vielleicht, sann er, war *Woman's Best* einfach nur besonders hip, sozusagen voll Rohr up to date? Oder hatte seine Ex vielleicht recht und *Woman's Best* war bloß ganz außergewöhnlich dämlich? Nein, entschied er, das Wort ›außergewöhnlich‹ passte nicht zu *Woman's Best*, weder im guten noch im argen Sinne, und seine Ex war bloß sauer, dass sie an dem, was seine Prominentenmüllaufbereitungsanlagen abwarfen, nicht mehr teilhaben durfte. Bezeichnenderweise hatte sie ihm ja auch noch vorgeworfen, die Erzeugnisse seines Verlages seien *frauenfeindlich*, weil sie *Geschlechterstereotype* bedienten und förderten – ausgerechnet sie, die sich als verkörpertes Geschlechterstereotyp an seiner Seite und in seinem Bett eine goldene Nase verdient hatte! Seine Frauenzeitschriften waren nichts anderes als Tribute an die Soziobiologie der Geschlechter. Und diese sogenannten Herrenmagazine mit ihren Autos, Uhren und Möpsen waren keinen Deut besser.

Der Verleger seufzte leise und gab bei seiner Sekretärin einen Cappuccino in Auftrag. Was auch immer den verblüffenden Erfolg von *Woman's Best* ausmachte, die gute Nachricht musste im Verlag verbreitet werden, natürlich als eine Art Anfeuerungsruf in die anderen Redaktionen. Aber wenn er nun *Woman's Best* als Vorbild hinstellte, wäre es nicht schlecht, eine Erklärung für die Ursachen der Auflagensteigerung in petto zu haben. Was sollte er seinen Mitarbeitern sagen?

Der Verleger sah ein, dass er allein nicht weiterkommen würde, aber es gab ja Leute, denen er viel Geld bezahlte, damit sie sich für ihn Gedanken machten. Wenig später saßen derer drei vor ihm: sein kaufmännischer Vorstand, der Pressesprecher des Verlages sowie der Leiter seines persönlichen Stabes.

»Was sagen Sie zu den Zahlen?«, fragte er als Erstes den kaufmännischen Vorstand, nachdem jeder der drei der Sekretärin seinen Kaffeewunsch vorgetragen hatte.

Der Vorstand, ein drahtiger, dunkelhaariger Mensch, den man sich mühelos als Werbefigur für ein BMW-Cabrio vorstellen konnte und dem man den Zahlenfuchser erst auf den zweiten Blick ansah (nämlich an seinem, der pedantisch und kalt war), zuckte die Achseln und sagte durch die Zähne: »Erstaunlich, ganz erstaunlich!«

»Können Sie sich das erklären?«, fragte der Verleger.

Nein, das könne er nicht, erwiderte statt seiner der Chef des Stabes, in dessen Stirn schwungvoll eine Locke föhnfrisierten Braunhaars hing, es habe weder eine Werbekampagne noch irgendetwas anderes Außergewöhnliches gegeben, er könne nicht einmal sagen, in welchem Monat sich das Heft nun besonders gut verkauft habe, man habe *Woman's Best* bislang für viel zu nebensächlich gehalten, um sich weiter um dessen Bilanz zu kümmern.

»Ach, tatsächlich?«, sagte der Verleger und schenkte ihm einen beinahe höhnischen Blick. »Dann wird es aber Zeit, wie?«

Schweigen schlug ihm entgegen, obwohl man dem Leiter des Stabs sehr genau ansah, dass er gern etwas Gescheites erwidert hätte.

»Wir müssen«, sagte der Verleger, »eine griffige Formel finden, worauf der überraschende Erfolg von *Woman's Best* zurückzuführen ist. Womit soll ich sonst vor die Belegschaft treten?«

»Hm«, machte der Pressesprecher, dessen Gesicht, wie der Verleger fand, eine außergewöhnliche Ähnlichkeit mit jenem Heinrich Himmlers aufwies, er trug sogar eine ähnliche runde Brille, doch da in diesem Verlag kein Mensch wusste, wie Himmler ausgesehen hatte, und womöglich nicht einmal, wer das genau war, blieb der Verleger mit seiner Beobachtung isoliert. Dennoch dachte er sich auch diesmal wieder die Schirmmütze mit dem Totenkopfemblem zum Pressesprechergesicht hinzu.

»Wir könnten einen Mediendienst beauftragen, *Woman's Best* im Vergleich mit den Konkurrenzprodukten zu analysieren«, schlug nun der Chef des Stabes vor und wechselte die Sitzposition ins Entspannte, indem er mit dem Gesäß nach vorn rutschte, die Beine ausstreckte und sie übereinanderschlug.

»Nein!«, entschied der Verleger, und prompt gab der Chef des Stabes die soeben gewonnene Position wieder zugunsten jener Rodin'schen Denker-Haltung auf, in welcher ihm der Mediendienst eingefallen war. »Das kostet Zeit, Geld und bringt überhaupt nichts. Hier sitzen vier Medienprofis, wir werden doch wohl herausbekommen, was das Besondere an *Woman's Best* ist, ohne irgendwelchen externen Erbsenzähler fragen zu müssen!«

Doch auch nach anderthalb Stunden und diversen Cappuccini beziehungsweise Espressi war den vier Medienprofis nichts eingefallen. Während der kaufmännische Vorstand einzig durch gelegentliches Achselzucken in Erscheinung trat, hatte der Pressesprecher immerhin den sämtliche *Woman's Best*-Ausgaben durchwehenden »Spirit einer neuen Generation junger Frauen« in Vorschlag gebracht, doch der Chef des Stabes wies sofort mit überlegenem Lächeln darauf hin, dass mit diesem *Claim* bereits eine Tabakfirma ihre *Brand* gesetzt habe.

Der redet genauso, wie die in *Woman's Best* schreiben, dachte der Verleger; eigentlich müsste er mir den Schlüssel liefern können. »Etwas könnte aber dran sein an diesem Spirit«, sagte er, »und das müssen wir finden.«

Ganz sicher sei etwas daran, beteuerte daraufhin der Chef des Stabes, strich sich die Locke aus der Stirn und legte Letztere dynamisch in Falten. Der Pressesprecher nahm eine der vor ihm liegenden Ausgaben in die Hand und vertiefte sich in einen Artikel, der mit begrenztem Wortschatz und närrischer Vehemenz eine neue Gesäßstraffungstrendgymnastik oder auch einen neuen Gesäßstraffungsgymnastiktrend verkündigte.

Das Ergebnis der Unterredung war, dass der Verleger vom Zusammentrommeln sämtlicher Belegschaftsmitglieder nichts mehr wissen wollte, sondern stattdessen den Pressesprecher beauftragte, gemeinsam mit dem Chef seines Stabes oder auch dem gesamten Stab einen Brief zu entwerfen, den er per Mail oder Hauspost an die Mitarbeiter versenden konnte. Gleichzeitig möge der Chef des

Stabes in Gottes Namen seine Inhalts- und Leseranalyse in Auftrag geben.

Als die drei gegangen waren, verließ der Verleger sein Büro, um der Chefredakteurin zu gratulieren. Den Gang hätte er sich gern erspart. Er war ein stattlicher Mann Anfang sechzig, fast zwei Meter groß, von herrischer Ausstrahlung, doch vor diese Frau zu treten kostete ihn stets enorme Kraftanstrengung. Er ging zum Beispiel gern zur Chefredakteurin von *Giselle*, einer zierlichen Blondine mit Pagenschnitt, die pfiffig, sexy und immer fröhlich war und deren frivoles Lächeln ihn daran erinnerte, wie er sie, als sie noch einfache Redakteurin war, auf ihrem Schreibtisch gevögelt hatte. Er ging auch gern zur Chefin von *Catwalk*, die ihm brav zuhörte und deren Dekolleté immer einen Besuch wert war. Doch die *Woman's Best*-Redaktionsräume mied er, weil er die Mutter Oberin, wie er die Chefredakteurin in Gedanken nannte, nicht ertrug. Es reichte, dass die Frau ihn regelmäßig behelligte. Sie war ein voluminöses Weib Mitte vierzig mit dichtem roten Haar, säulenartigen Beinen und einem meist übellaunigen Gesicht. Wie eine dunkle Wolke zog sie durch die Gänge, und die Kolleginnen kuschten vor ihr. Bei alledem besaß die Frau ein unerschütterliches Selbstbewusstsein, ihre Arbeit hielt sie für vorbildlich, aus den pathetischen Sätzen ihres mit einem Jugendfoto garnierten Editorials sprach der Wunsch nach Anerkennung und höheren Aufgaben. Und nun musste er ihr zur Auflagenverdopplung gratulieren. Das konnte ja heiter werden.

Als der Verleger die *Woman's Best*-Redaktion durchschritt, fand er sämtliche Büros verlassen. Erst aus dem Konferenzraum hörte er Stimmen. Hinter dessen verschlossener Tür ertönte ein Zwiegesang zwischen Chor und Alt, wobei Letzterer der Mutter Oberin gehörte. Sie feiern sich schon, dachte der Verleger, atmete tief durch, klopfte an die Tür und trat ein.

Um den großen Tisch des Konferenzraumes fand er die gesamte *Woman's Best*-Mannschaft versammelt, wobei der Begriff ›Mannschaft‹ nicht zutraf – von den in dieser Branche nahezu obligaten schwulen Grafikern abgesehen arbeiteten hier nur Frauen. Es gab bei allen seinen Blättern in zahlenmäßig ungefähr ausgewogenem Verhältnis zwei Typen von Mitarbeiterinnen: zum einen die in die Jahre gekommene, sogenannte gestandene Redakteurin, zum anderen das Nachwuchs-Beauty. Beide bildeten jeweils Fraktionen, und die Angehörigen der einen hassten jene der anderen noch ein bisschen mehr, als sie sich untereinander ohnehin schon nicht ausstehen konnten. Die älteren Redakteurinnen, die in ihrer Mehrheit früher einmal zum Typ Beauty gezählt hatten, mochten die Jüngeren genau deshalb nicht und schikanierten sie auf mehr oder weniger subtile Weise, denn sie waren ja länger im Geschäft und besetzten die besseren Positionen. Im Gegenzug machten sich die Jüngeren, um den Neid ihrer Kolleginnen zu erregen (natürlich auch der gleichaltrigen), jeden Morgen so zurecht und trugen so aufreizende Sachen, wie sie es abends für ihre Kerle vermutlich nur in Ausnahmefällen taten. Da die einen, rein journalistisch betrachtet, in der Regel so talentfrei waren wie die anderen, kam eine Durchmischung der Altershierarchie praktisch nie vor. Im Verlag herrschte eine Art Kastensystem, und der Wechsel von der einen in die andere Kaste erfolgte durch den natürlichen Prozess des Alterns, welcher es der oberen zugleich unmöglich machte, sich als die privilegierte zu empfinden.

Im Konferenzraum manifestierte sich das Kastensystem so, dass auf der einen Seite des Tisches die älteren und ihnen gegenüber die jüngeren Redakteurinnen saßen, die eine Seite sah aus wie eine Schar Lehrerinnen, die andere wie die Kandidatinnenriege für einen Modelwettbewerb. Vorn stand die Chefin, im schwarzen, knielangen Kleid, welches einen Spalt weißen Fleisches freiließ, ehe die dorischen Waden in schwarzen Schaftstiefeln verschwanden, deren Leder unter dem enormen Druck ächzte. Als sie den Verleger erblickte, begann sie zu strahlen. »Ah, Herr Doktor Felsenkamp, wie schön, dass Sie uns besuchen kommen!«, sang sie. »Ich habe eben unsere Redaktion zusammengerufen, um den Kolleginnen zu sagen ...«

»... was eigentlich ich Ihnen mitteilen wollte«, unterbrach er sie mit einem galanten Lächeln, welches er gleichsam in die Runde streute.

»Darüber freuen wir uns selbstverständlich!«, beteuerte sie.

Der Verleger stand nun neben ihr. Normalerweise hätte er, Rumpfpatriarch, der er war, in einem solchen Fall der jeweiligen Chefredakteurin den Arm um die Schulter gelegt und sich sozusagen als Sprecher eines erfolgreichen Duos ans Auditorium gewandt, doch bei der Mutter Oberin verzichtete er lieber auf solche Gesten.

»Liebe *Woman's Best*-Mitarbeiterinnen«, sagte er und blickte in die vom jahrelangen Verfassen immer gleicher Lifestyle-Geschichten mürbe gewordenen Gesichter zu seiner Linken, »ich hätte Ihnen die exklusive Nachricht gern selber offenbart, aber der Flurfunk war offenbar mal wieder schneller.« Nun sah er nach rechts, wo sich die Schönchen reihten, ein Schmollmund neben dem anderen, eine Frisurenvielfalt, die für die Illustration eines Sonderheftes gereicht hätte, schlanke, trainierte Körper. Diese Frauen sahen anders aus, als die Mitarbeiterinnen ihres Alters vor zwanzig, dreißig Jahren, perfekter zum einen, aber auch ausdrucksloser, dachte er, sie waren alle cool, sexy und selbstbewusst, doch er wusste nicht recht, woran er sie unterscheiden sollte. Nicht dass sie sich äußerlich nicht gravierend voneinander unterschieden hätten, nur tat dies ihrer Homogenität als Gruppe keinen Abbruch. Sie waren im Grunde immer ein und dieselbe. Wenn er eine von ihnen im Lift traf, konnte er sie nie der jeweiligen Redaktion zuordnen. Vermutlich dachten sie auch alle dasselbe und träumten dieselben Träume. Früher war das anders gewesen, zumindest erschien ihm das so, da waren die Frauen zugleich bescheidener und besaßen dennoch mehr Persönlichkeit. Freilich mochte dieser Eindruck auch daher rühren, dass er älter geworden war und sich neue Gesichter nicht mehr richtig merken konnte. Vielleicht hätte er ja inzwischen bei Schauspielern oder Zahnärzten dieselben Schwierigkeiten mit dem Unterscheiden.

»Die anderen Redaktionen sollen sich ein Beispiel an Ihnen nehmen«, hörte er sich gleichwohl in Richtung der uniformen Riege zu seiner Rechten sagen. »Wir werden diesen Erfolg gebührend auswerten. Aber heute wird gefeiert! Ich lade Sie um sechzehn Uhr zu einem Sektempfang in die Kantine ein, wo natürlich auch der Küchenchef gratuliert – ein bisschen oberhalb seines üblichen Levels übrigens. Ich schlage deshalb vor, Sie verzichten heute ganz aufs Mittagessen und halten bis sechzehn Uhr durch.«

Die beiden Scherze des Verlegers wurden ebenso pflichtgemäß wie dankbar mit Lachen und Beifall quittiert, während er der Mutter Oberin die kalte Hand schüttelte.

Am nächsten Morgen brachte ihm der Chef seines persönlichen Stabes den Brief an alle Mitarbeiter, den er (was er nicht erwähnte) gemeinsam mit dem Pressesprecher entworfen hatte. Der Verleger setzte sich in seinen Lehnsessel und las. *Woman's Best*, hatten sie geschrieben, vermittle Frauen ein neues Lebensgefühl. Jede Leserin von *Woman's Best* werde automatisch Mitglied einer *Community*. Damit habe *Woman's Best* einen Trend aufgegriffen, der vom Internet geprägt worden sei, und ihn für das Printgeschäft fruchtbar gemacht. Die Mitglieder dieser Community seien jung, selbstbewusst, optimistisch, urban, kosmopolitisch, tolerant, vernetzt, beruflich erfolgreich, multitaskingfähig, sportlich, sexuell aktiv, permanent an Neuem sowie an der Steigerung ihrer Attraktivität interessiert – kurzum Frauen mit Zukunft. Das einzigartige Wir-Gefühl seiner Leserinnen sei das Geheimnis von *Woman's Best*. Mit dem Kauf einer *Woman's Best*-Ausgabe demonstriere eine Leserin ihre Zugehörigkeit zur Community der Zukunftsfrauen. Vom verlegerischem Standpunkt zeige *Woman's Best*, dass sich moderner Lifestyle-Journalismus und wirtschaftlicher Erfolg auch in Zeiten der Krise nicht ausschlössen. Dieser Erfolg solle den anderen Redaktionen Ansporn sein. Man müsse die Herausforderungen des Internets annehmen. *Face it and change!* laute die Devise. Deshalb werde man demnächst eine »Just like *Woman's Best*-Initiative« starten.

Sieh einer an, dachte der Verleger, diese Jungs verdienen das Geld, das ich ihnen zahle! Speziell die Zeile »Just like *Woman's Best*« gefiel ihm, weil er an den Song »Just Like a Woman« von Bob Dylan denken musste, zu dem er in seiner Jugend oft, wie man seinerzeit sagte, Liebe gemacht hatte. Zusammen mit der Leser- und Strukturanalyse würde man dem Geheimnis dieses Magazins vielleicht doch auf die Schliche kommen. Und die Community-Idee würde schon stimmen, sie stimmte eigentlich immer, heutzutage gehörten die meisten Leute zu irgendwelchen Communitys, mal zu dieser, mal zu jener, nicht nur Marken, sondern sogar Romane erzeugten heutzutage Communitys, jemandes gesamte Individualität bemaß sich im Grunde daran, wie viel verschiedenen Communitys er sich zugehörig fühlte.

Der Verleger nahm ein paar stilistische Korrekturen an dem Schreiben vor, damit seine Zuarbeiter nicht übermütig wurden, und gab es seiner Sekretärin zum Versenden. Dann ging er befriedigt zum Tennisspielen.

Als er einige Tage später morgens aus seiner Limousine stieg und das Verlagsgebäude betrat, sah er, dass sein Stab ganze Arbeit geleistet hatte. Im Foyer, in den Fahrstühlen und auf den Etagen hingen »Just like *Woman's Best*«-Plakate, mal mit *Face it!* mal mit *Change!* überschrieben, auf allen war die Auflagenentwicklung von *Woman's Best* grafisch in einer Kurve dargestellt, die sich in ihrem emporstrebenden Verlauf allmählich golden färbte, die Worte *Community* und *Frauen mit Zukunft* schossen dem Betrachter entgegen, junge attraktive Frauen mit womöglich großer Zukunft, in jedem Fall aber mit *Woman's Best*-Ausgaben in den Händen lachten von den Plakaten, leider von jedem zweiten auf ihre vorgewittrige Art auch die Chefredakteurin, die sich irgendwie in die Aktion hineingedrängelt haben musste. Vor zwei Tagen hatte sie angerufen und für eine ihrer Ressortleiterinnen um eine Gehaltserhöhung gebeten, wobei der Verleger ihren hymnischen Worten zu entnehmen meinte, dass es ihr eigentlich um eine für sich selber ging. Jedenfalls war er auf keinerlei Widerstand gestoßen, als er ihr beschied, dass selbstverständlich zuerst die Hauptverantwortliche für den Erfolg bedacht werden sollte, bei den Ressortleiterinnen könne man ja noch ein bisschen warten, ob ihrer Arbeit ebenfalls jene Konstanz innewohne …

Wieder ein paar Tage später – der gesamte Verlag befand sich im »Just like *Woman's Best*«-Fieber – kreuzten der Pressesprecher und der Chef des Stabes mit der Blatt- und Leseranalyse beim Verleger auf. Die Analyse wies ein paar störende Details auf, räumte der Chef des Stabes ein. So kam fast jede zweite *Woman's Best*-Leserin aus einer Kleinstadt oder vom Lande, der Anteil von Leserinnen mit Abitur war nicht sonderlich hoch, jener mit Universitätsabschluss nur mit homöopathischen Kriterien erfassbar. Die Blattanalyse hatte wiederum ergeben, dass *Woman's Best*-Artikel um ein Siebentel kürzer waren als der durchschnittliche Frauenzeitschriftsartikel, dafür lagen der Ratgeber- und Anglizismenanteil deutlich über dem Mittel, und die durchschnittliche Größe der Fotos wurde lediglich von einer Hamburger Illustrierten übertroffen. In der Verwendung von grafischen Elementen wie Kästen, hervorgehobenen Textpassagen und verschiedenen Schriftarten war *Woman's Best* Spitzenreiter. Auch waagerechte Linien verwendeten die Grafiker ausgiebig, im Vergleich zu den anderen Magazinen war die Linie oben auf jeder *Woman's Best*-Seite um das 1,4-Fache dicker.

Die Inhaltsanalyse hatte freilich nichts Signifikantes ergeben: Die Auswahl und Gewichtung der Themen von *Woman's Best* entsprach nahezu vollendet dem aus sämtlichen Frauenzeitschriften ermittelten Durchschnitt. Was der Chef des Stabes zum Allersignifikantesten erklärte. »*Woman's Best* trifft haargenau die Mitte, also ins Schwarze«, versicherte er.

»Sozusagen die Quersumme aus allen anderen Frauenmagazinen«, ergänzte der Pressesprecher. »Wer *Woman's Best* liest, braucht all die anderen nicht.«

»Und die *Community der Frauen mit Zukunft*?«, erkundigte sich der Verleger lauernd.

»Den Frauen gehört die Zukunft«, versicherte der Chef des Stabes.

»Anscheinend sogar den Durchschnittsfrauen«, sekundierte der Pressesprecher.

Der Verleger erwog, ob er den beiden glauben oder sie hinauskomplimentieren sollte. Aber wenn er Letzteres täte, säße er allein da mit den Zahlen und hätte immer noch keine Antwort.

»Was passiert jetzt mit eurer ›Just like *Woman's Best*‹-Initiative?«, erkundigte er sich stattdessen.

»*Die* läuft!«, betonte aus voller Brust der Chef des Stabes. »Alle Redaktionen haben den Auftrag, detailliert zu berichten, wie sie sich an *Woman's Best* ein Beispiel nehmen, um selber Communitys zu bilden. *Catwalk* hat schon geantwortet. Man wird zwei Redakteurinnen speziell zur Leserbetreuung abkommandieren.«

»Das heißt?«, fragte der Verleger.

»Sie beantworten jeden Leserbrief persönlich, nicht mehr mit einem Standardschreiben. Das gibt den Leserinnen ein Wir-Gefühl.«

Die Sekretärin steckte den Kopf durch die Tür und meldete die Ankunft der *Woman's Best*-Chefredakteurin.

»Hat sie einen Termin?«

»Bei mir nicht«, entgegnete die Sekretärin.

Was die Frau sich neuerdings herausnimmt!, dachte der Verleger, es war bereits das zweite Mal in dieser Woche, dass sie unangemeldet vorsprach, und ihre Besuche waren ihm ungefähr so angenehm wie eine Steuerprüfung. Wer zweimal kommt, will etwas, dachte er, und er fühlte, dass er ihr nahezu jeden Wunsch erfüllen würde, wenn sie nur schnell wieder ging und ihn aus der Umklammerung ihrer Gegenwart befreite.

»Lassen Sie sie reinkommen!«, seufzte er. »Und bitte, Frau Wiedekind, ich möchte in einer halben Stunde wissen, wie viele Leserbriefe jede Woche in den einzelnen Redaktionen eingehen.«

Die *Woman's Best*-Chefin trat ein, würdevoll die Haltung, wie immer schwarz gekleidet, flammend rot das (offensichtlich nachgefärbte) Haar, die Miene irrlichternd zwischen existenziellem Grimm und verlegerhofierendem Lächeln.

»Ich hoffe, ich störe nicht«, sagte sie mit einer Sanftheit in der Stimme, die dieser Person niemand zutrauen konnte.

»Aber nicht doch!«, erwiderte der Verleger und erhob sich, um sie zu begrüßen. »Wie könnte die erste Journalistin des Hauses jemals stören? – Wir«, wandte er sich an die beiden Herren, »waren ja so weit fertig, oder?«

»Im Grunde schon«, sagte der Sprecher des Verlages und erhob sich ebenfalls. »Ich werde die Presseerklärung zur *Woman's Best*-Auflagensteigerung heute herausgeben.«

»Und ich werde die anderen Redaktionen ein bisschen antreiben gehen«, erklärte der Sprecher des Stabes grinsend.

»Was kann ich für Sie tun?«, fragte der Verleger, nachdem die beiden gegangen waren und seine Besucherin sich ihm gegenüber niedergelassen hatte.

»Ach!«, seufzte die Mutter Oberin und machte ein genervtes Gesicht. »Es ist ein unglaublicher Stress eingezogen bei uns. Ich wünschte, wir hätten die alte Auflage noch und Ihr Stab würde uns in Ruhe lassen! – Wir freuen uns natürlich«, lenkte sie eilig ein, als sie die Faltenbildung auf der Verlegerstirn bemerkte, »aber wissen Sie, dieser Aufruhr, den die Verlagsleitung bei uns veranstaltet: Mitarbeiterbefragungen, Teamwork-Analysen, Multitasking-Analysen, Internet-Synergieeffekt-Analysen, die Initiative *Bestorganisierter Arbeitsplatz*, und ständig müssen Leute aus anderen Redaktionen bei uns hospitieren – wir können kaum noch arbeiten!«

»Multitasking-Analysen? Bestorganisierter Arbeitsplatz?«, wiederholte der Verleger irritiert.

»Alles Ideen vom Chef Ihres Stabes«, sagte die Chefredakteurin. »Man studiert uns wie einen neu entdeckten Urwaldstamm. Wir werden förmlich vermessen. Die anderen Chefredakteurinnen beginnen mich zu hassen. Wo ich auftauche, fangen sie an zu tuscheln, flüstern ›Just like *Woman's Best!*‹ und lachen.«

»Was!« Der Verleger erhob sich mit einem Ruck und marschierte, da er nicht wusste, wie er die Bewegung anders fortsetzen sollte, hinter seinem Schreibtisch einmal auf und einmal ab. »Was erlauben sich diese Minusmacher? Die sollen erst mal Geld verdienen!«

»Das sage ich denen ja auch!«, murrte die Chefredakteurin.

»Aber wissen Sie, meine Liebe«, raunte der Verleger, während er stoppte und seine Besucherin mit einem Verschwörerblick ansah, »Mitleid bekommt man geschenkt, Neid muss man sich verdienen. Erfolg macht mitunter einsam!«

»Sie verhöhnen mich!«, seufzte die Chefredakteurin mit Gram in der Miene.

»Ich bitte Sie, weshalb sollte ich Sie verhöhnen?«

»Nicht doch Sie – die anderen Chefredakteurinnen! Und dafür müht man sich nun ab und versucht alles besser zu machen ...«

»Aber Sie sind meine Beste!«, rief der Verleger, während er überlegte, wie viel er ihr mehr zahlen könnte, obwohl er eigentlich kein Geld dafür hatte. Da kam ihm eine Idee.

»Ich könnte Sie über die anderen stellen«, sagte er.

Etwas wie ein Lichtstrahl huschte über ihr Gesicht. »Wie meinen Sie das?«, erkundigte sie sich.

Ja, wie meinte er das eigentlich? Das war dem Verleger noch nicht so ganz klar. In diesem Moment klopfte es und die Sekretärin kam mit einem Blatt Papier herein.

»Was gibt es?«, fragte er.

»Die Leserbriefe und -Mails.«

»So schnell?«

»Ich habe alle Redaktionssekretariate abtelefoniert. Keiner zählt sie wirklich, es sind Schätzungen.«

»Geben Sie her!«

Der Verleger las und pfiff durch die Zähne. *Catwalk* etwa bekam also im Monat etwa fünfzehn Leserbriefe, *Giselle* durchschnittlich zehn, bei den anderen sah es ähnlich aus.

»Wir-Gefühl, dass ich nicht lache!«, knurrte er.

»Wie bitte?«

»Wie viele Leser schreiben eigentlich an *Woman's Best*?«, fuhr er die Mutter Oberin nun beinahe an.

»Das weiß ich nicht«, gestand die Chefredakteurin.

»Ja schätzen Sie einfach! Bekommen Sie täglich einen Berg Post und E-Mails?«

»Nein, eher nicht. Wir stehen ja nicht wirklich im Dialog mit den Leserinnen.«

»Sondern?«

»Wir geben ihnen, wie soll ich sagen, Hilfestellung.«

Der Verleger dachte den Gedanken, der irgendwo in seinem Hinterkopf entstehen wollte, nicht zu Ende und machte nur »Mm«.

Eine Pause entstand. Die Chefredakteurin beendete sie mit der Frage: »Wie meinten Sie das mit dem Mich-über-die-anderen-Stellen?«

Das Telefon klingelte. Die Sekretärin erklärte, der kaufmännische Vorstand sei in der Leitung und wolle dringend den Verleger sprechen.

»Ich habe Besuch.«

»Es ist äußerst dringend, sagt er.«

»So put him trough!«, schnarrte der Verleger.

Die Chefredakteurin sah, wie sich in den folgenden Sekunden seine Miene verdüsterte. Dann legte er wortlos den Hörer auf, stierte eine Weile vor sich, faltete die Hände vor dem Bauch, hob schließlich den Blick und fragte: »Entschuldigung, was sagten Sie zuletzt?«

»Ich wollte wissen, wie Sie das gemeint haben mit der Beförderung.«

Nun begann der Verleger schallend zu lachen. Der große Mann wurde geschüttelt, er bog sich, und Tränen traten in seine Augen.

Entgeistert starrte die Chefredakteurin ihn an.

»Eine Kommastelle«, prustete er und wieherte und japste und schlug sich auf die Schenkel, als wäre dies das witzigste Wort von der Welt.

Schließlich beruhigte er sich, zog ein Taschentuch hervor, trocknete sich die Augen und sagte: »Ich glaube, das war etwas voreilig. Seien Sie so gut und lassen Sie mich allein.«

Konsterniert entfernte sich die Chefredakteurin. Im Gehen konnte sie noch hören, wie der Verleger den Chef seines Stabes und den Pressesprecher zu sich bat.

Wenig später machte die Neuigkeit die Runde. *Woman's Best* hatte seine verkaufte Auflage keineswegs verdoppelt, sondern vielmehr erheblich reduziert. In der Bilanz war eine Kommastelle verrutscht.

EINE UNTERHALTUNG
IM ZUG

Im Abteil saßen drei Leute: auf der einen Seite zwei Frauen, auf der anderen ein alter Mann. Die Frauen, beide zwischen Mitte und Ende vierzig, redeten miteinander, ohne sich darum zu kümmern, ob der Mann ihnen zuhörte. Wenn sie sich darum gekümmert hätten, würden sie bemerkt haben, dass er es tat, zumindest gelegentlich. Die andere Zeit schien er düsteren Gedanken nachzuhängen. Er hatte keine Möglichkeit, das Gespräch seiner Mitpassagierinnen völlig zu ignorieren, denn dafür redeten sie zu laut. So erfuhr der Alte (wobei man festhalten muss, dass dieser Mensch zwar vollständig ergraut, aber noch keine siebzig Jahre alt war), dass es sich bei seinen Mitreisenden um Soziologinnen beziehungsweise Familienforscherinnen handelte, die zu einem Kongress fuhren, der unter dem Motto »Die Zukunft der Familie – die Familie der Zukunft« stand.

Beide Frauen waren ungeschminkt, trugen flache Schuhe, und beide hatten einen Rucksack dabei. Die eine war kurzhaarig, mit vielen bunten Strähnchen im Stoppelfeld ihres Kopfbewuchses, fast dürr, und auf ihrer gepiercten Nase saß eine extrem kleine runde schwarze Hornbrille. Sie trug Jeans und ein Jäckchen mit rotbuntem Würfelmuster. Die andere besaß langes, blondes Haar ohne erkennbare Frisur und war etwas rundlich, was bei ihrem weiten schwarzen Kleid nicht weiter auffiel. Der Mann wiederum trug einen altmodischen, aber gepflegten dunklen Anzug. Er wirkte wie ein typischer Kleinstädter.

Während draußen Felder, Wiesen, Waldreste und vereinzelte Gehöfte vorüberflogen, redeten die Frauen unausgesetzt, und zwar über die Zukunft der Familie. Wobei es um diese, wie der Alte nolens volens erfuhr, nicht besonders gut stand. In der Form, wie sie bisher existiert hatte, werde die Familie nicht mehr lange überleben, darin waren sich die beiden einig. Was den Alten ein bisschen wunderte, war der fröhliche Ton, in welchem sie diese doch eher traurige Feststellung trafen. Es war ein Ton selbstgefälliger Kennerschaft. Die Zukunft der Gesellschaft lag wie ein offenes Buch vor ihren Augen. Nach einer Weile hatte der mehr oder weniger heimliche Lauscher indes verstanden, dass es zwei Familien gab: die traditionelle und die moderne – Letztere auch als »Patchworkfamilie« bezeichnet –, und dass nur die traditionelle Form verschwinden werde. Dieses Verschwinden schienen die beiden Soziologinnen als einen großen Fortschritt zu betrachten. Die Partnerschaftsverhältnisse der Zukunft, versicherten sie sich wechselseitig, würden viel weniger starr sein, viel flexibler, und sie würden sich im Laufe eines Lebens mehrfach neu herstellen, je nach Konstellation und Zeitpunkt. Entscheidend sei, dass sich die Frauen nicht von den ersten Emanzipationserfolgen blenden ließen und weiter die Hälfte der Welt einforderten, zum Beispiel die Hälfte der Vorstandsposten in Unternehmen. Außerdem werde die Zukunft viel stärker von gleichgeschlechtlichen Partnerschaften geprägt sein als heute.

»Ich will in meinem Vortrag sagen: Blutsloyalitäten werden immer mehr durch soziale Loyalitäten ersetzt«, erklärte die Dünne.

»Das ist gut!«, versicherte ihre Kollegin.

»Entschuldigen Sie bitte«, sagte plötzlich der Alte, »ich weiß, es ist unhöflich, fremde Gespräche zu belauschen, aber ich hatte gar keine Wahl und fand Ihre Unterhaltung auch viel zu interessant, um wegzuhören. Darf ich Sie etwas fragen?«

»Worum geht's denn?«, fragte die Blonde im schwarzen Kleid, während ihre Freundin ein Was-will-denn-der?-Gesicht aufsetzte.

»Kommen in Ihren neuen Familien auch Kinder vor?«

»Natürlich. Wie denn sonst?«, sagte die Blonde in einem Ton, als hätte er sie etwas Ungehöriges gefragt. »Kinder gehören nun mal dazu.«

»Aber brauchen Kinder nicht Vater und Mutter?«, fragte der Alte.

»Kinder brauchen Bezugspersonen«, wurde er belehrt. »Je mehr sie davon haben, desto besser. Wenn die Mutter nach der Trennung mit einem neuen Partner zusammenlebt, dann hat das Kind auf einmal zwei Väter, den leiblichen und den neuen. Ich wüsste nicht, was daran schlecht sein sollte. Im Gegenteil, es lernt nun zwei Väterwelten kennen. Sein Horizont erweitert sich. Der traditionelle Käfig ist aufgebrochen. Zwei Väter, das ist schon beinahe Demokratie. Jedenfalls gibt es keinen Alleinherrscher mehr. Für die Intelligenzentwicklung der Kinder kann das nur gut sein. Schon früh begreifen sie, dass es keine starren Formen gibt und die Dinge im Fluss sind. Das fördert ihre Selbstständigkeit. In fünfzig Jahren wird kein Mensch mehr verstehen, warum in unserer Zeit ein Problem daraus gemacht wurde.«

»Außerdem steht nirgendwo geschrieben, dass Kinder nicht zwei Väter oder zwei Mütter haben können«, ergänzte die Dünne mit den bunten Haaren und schaute kampfbereit.

»Nein?«, fragte der Alte. »Steht es nicht in der Bibel, in den großen Romanen, sogar im Grundgesetz?«

Während die Dünne die gepiercte Nase rümpfte, da sie diese Aufzählung wohl nicht sehr repräsentativ fand, erklärte die andere: »Dort steht viel von Vater und Mutter geschrieben, gewiss, aber kein Wort darüber, dass es nicht alternative Formen geben darf. Außerdem: Die Zeiten ändern sich eben.«

Der alte Mann nickte sinnend und traurig, und die beiden Zukunftskennerinnen wollten sich wieder ihrem Zwiegespräch zuwenden, als er sie neuerlich unterbrach mit den Worten: »Verzeihen Sie, wenn ich Sie belästige, aber vielleicht interessiert es Sie ja. Ich erlebe am eigenen Leibe oder wenigstens aus nächster Nähe, was Sie so fröhlich beschreiben: die Zerstörung der traditionellen Familie. Die Unwilligkeit der jungen Leute, es zusammen zu versuchen, es miteinander auszuhalten. Das Leiden der Kinder. Ich habe nichts kennenlernen dürfen, was diesen Zerfall auffängt – außer der Familie.«

Er verstummte und schlug die Augen nieder. Eine Weile herrschte Schweigen im Abteil. Dann sagte der alte Mann: »Ich habe vier Kinder, einen Sohn und drei Töchter. Meine Töchter haben mir bisher drei Enkel geschenkt, ich müsste mich also glücklich schätzen. Zwei waren verheiratet und sind inzwischen geschieden. Mein Sohn, der Jüngste der Familie, ist als einziges meiner Kinder zurzeit verheiratet. Allerdings mit einem Mann.«

Zunächst hatten die beiden Frauen ihm so unfreiwillig zugehört wie er zuvor ihnen. Nun belebte plötzlich Interesse ihre Mienen.

»Wissen Sie, ich fahre nicht auf einen Kongress wie Sie, sondern ich hole meine Jüngste nach Hause. Sie hat vor sieben Monaten ihr Baby bekommen, und der Kerl hat sie sitzen gelassen. Er ist einfach verschwunden, eines Abends nicht mehr heimgekommen, und sie weiß weder, wo er ist, noch, wie sie die Wohnung bezahlen soll. Also hole ich sie nach Hause. Ich wohne in einem Provinznest, wissen Sie, die Nachbarn zerreißen sich die Mäuler, wenn die Tochter mit einem Baby und ohne Mann zurückkehrt. Alle drei Töchter haben unser Städtchen mit ihren Männern verlassen, und alle drei sind allein wieder zurückgekommen. Der Junge hat das Städtchen ebenfalls für einen Mann verlassen und ist nicht wiedergekommen. Von meinem Sohn, der verheiratet ist, werde ich nie einen Enkel bekommen. Von zweien meiner Töchter habe ich Enkel, aber der eine Vater ist lebensuntüchtig und nicht in der Lage, Alimente zu zahlen, der andere ist verschwunden, also asozial. Meine Älteste hat sich nur um ihre Karriere gekümmert und Kinder immer später haben wollen, deshalb ist ihr der Mann schließlich weggelaufen und hat sein Kind mit einer anderen gemacht. Vor drei Jahren hat sie versucht, sich umzubringen. Ist das Patchwork?«

Die beiden Familienforscherinnen schwiegen vor so viel Empirie. Wer kann für Unglück? dachte die Dünne.

»Was macht Ihre älteste Tochter denn beruflich?«, erkundigte sich nach einer Bedenkzeit die Blonde.

»Sie hat Finanzwesen studiert und ist Bankerin geworden. Sie war ziemlich weit oben in der Deutschen Bank in Frankfurt. Heute leitet sie unsere Kreissparkasse. Dazwischen lagen die Trennung und zwei Monate Krankenhaus. Sie hatte sich mit Tabletten vergiftet.«

»Das ist ja furchtbar!«

Der Erzähler nickte traurig.

»Ihr Mann hat also ihr Leben zerstört«, stellte die Dünne trocken fest.

»Nein, so war es nicht!«, rief der Alte und hob beschwichtigend die Hände. »Er ist ein guter, bodenständiger Mann. Er hat es nicht ausgehalten, seine Frau nur an den Wochenenden zu sehen, und selbst dann war sie in Gedanken kaum bei ihm. Wissen Sie, die beiden hatten ein großes Haus und eine Oldtimersammlung, aber kein gemeinsames Leben. Und keine Zukunft, außer noch mehr Oldtimern.«

»Und Sie meinen, daran war Ihre Tochter schuld?«, bohrte die Dünne weiter.

»Ach, Schuld!«, seufzte der Alte. »Es geht nicht um Schuld. Die Familie ist ja da, damit es einen Ort gibt, wo der eine die Last des anderen mitträgt, ohne dass der andere sich schuldig fühlen muss deswegen. Nicht dieses ewige Feilschen und Fordern, damit es ja überall gerecht zugeht. Man verwechselt gern die Worte ›gleich‹ und ›gerecht‹. Dann ist es auf einmal ungerecht, dass die Frauen die Kinder bekommen.«

»Aber Ihr Schwiegersohn«, ließ die Dünne nicht locker, »hätte doch die Kinder betreuen können.«

Der Alte lächelte müde und sagte: »Betreut hätte er sie am Ende auch. Aber selber bekommen konnte er sie nicht.«

Er schwieg. Die beiden Soziologinnen, die es für unhöflich gehalten hätten, ihr Gespräch einfach fortzusetzen, taten desgleichen. Der Zug ratterte gleichförmig dahin. Die Kurzhaarige entnahm ihrem Rucksack eine Flasche Bionade und zwei Plastikbecher. »Magst du auch?«, fragte sie ihre Kollegin.

Die schüttelte den Kopf und wandte sich stattdessen wieder an den Alten: »Wie haben Sie reagiert, als Sie erfuhren, dass Ihr Sohn homosexuell ist?«

»Wie soll ich denn reagiert haben?«, erwiderte der achselzuckend. »Er ist mein Sohn. Da gibt es doch gar keine Wahl. Früher hat man geglaubt, es liege etwas Perverses in der Liebe zum gleichen Geschlecht. Ich war nie dieser Ansicht. Es ist vielleicht nicht natürlich, aber es lag in seiner Natur. Gott weiß, wie es da hineingekommen ist. Mein Junge ist doch kein schlechter Kerl ...«

»Natürlich nicht!«, rief nun leicht maulig die Dünne. »Pervers ist es, jemandem aus seiner sexuellen Orientierung einen Vorwurf zu machen. Schließlich sind die meisten Menschen von Hause aus bisexuell. Es ist die Gesellschaft, die ihnen vorschreibt, Heterosexualität als normal zu empfinden.«

»Ach ja?«, fragte der Alte. Ein bitterer und zugleich spöttischer Ausdruck trat auf sein Gesicht. »Dann seien Sie mal froh, dass sich Ihre Eltern an die Vorschriften gehalten haben!«

Darauf fiel der Dünnen keine andere Antwort ein als ein empörtes Luftausstoßen durch die gepiercte Nase.

»Und alle Töchter wohnen jetzt wieder bei Ihnen?«, lenkte die Blonde das Gespräch in eine andere Richtung.

»Nein, ich hole jetzt nur die Jüngste und ihr Baby zu uns. Aber ihre ältere Schwester hat davor auch wieder zu Hause gewohnt, mit ihren beiden Kindern. Der Vater ist ein Unglücksrabe, alles, was er anpackt, misslingt ihm. Er hat nicht mal die Alimente zahlen können. Aber die Kinder lieben ihn. Er besitzt großen Charme, müssen Sie wissen, er ist ein sympathischer Tunichtgut, die Frauen mögen ihn, und deshalb ist ihm meine Tochter auch weggelaufen. Kein Geld *und* fremdgehen, das war ihr einfach zu viel.«

»Da hat sie vollkommen recht!«, beteuerte die Dünne.

»Vielleicht, ja«, sagte mit sinnendem Blick der Alte. »Aber es kam ja noch schlimmer. Sie lebt inzwischen mit einem pakistanischen Muslim, der hier studiert hat und nun mit ihr und den Kindern in seine Heimat ziehen will. Sie hatte vorher schon einen Knacks von ihren gescheiterten Beziehungen, ihr Mann hat ihr den Rest gegeben, und nun ist sie ihm anscheinend vollkommen hörig geworden. Mein Kind trägt heute einen Schleier, betet Koransuren und wirft sich fünfmal täglich auf den Boden vor einem Typen namens Allah. Und wenn ihr neuer Freund sagt, hör auf zu arbeiten, hört sie auf zu arbeiten. Und wenn er sagt, hör auf, dich mit Freundinnen zu treffen, bleibt sie zu Hause. Sie können sich ausmalen, wie dieser Mann reagiert, wenn der leibliche Vater die Kinder sehen will. Kann sein, dass meine Enkel bald Tausende Kilometer von mir entfernt leben und ich sie nie mehr wiedersehe.«

Seine Kehle begann sich zuzuschnüren, sodass der höhnisch nachgeschobene Ausruf »Patchwork!« kaum zu verstehen war.

Er schwieg und starrte blicklos vor sich auf den Boden.

»Ein muslimischer Mann«, sagte die Blonde gedämpft. »Behandelt er sie denn schlecht?«

»Er ist kein Extremist, wenn Sie das meinen«, antwortete der Alte. »Er trägt nicht mal einen Bart und kleidet sich eher westlich. Aber er hat sehr genaue Vorstellungen davon, wie ein Leben im Dienste Allahs aussieht. Ich weiß nicht, wie er reagieren würde, wenn meine Tochter es jemals wagen würde, ihm zu widersprechen.«

»Aber können Sie Ihre Tochter nicht von diesem Mann wegholen?«

»Warum? Es ist ihr Wille, mit ihm nach seinen Regeln zu leben. Meine Frau und ich haben tagelang auf sie eingeredet – vergeblich. Sie ist wie vernarrt. Und wissen Sie, warum?«

Zwei erwartungsvolle Augenpaare hefteten sich auf den Frager.

»Weil er sie ernährt. Weil er sie beschützt. Weil er die Familie über alles stellt, mitsamt seiner verrückten Religion. Er würde sich sofort auf jeden stürzen, der sie oder Allah beleidigt. Er würde jeden umbringen, der sie zu berühren wagt. Sie liebt ihn, weil er ein Mann ist – und keiner dieser ewig unreifen, verantwortungslosen großen Jungs, die hier herumlaufen und nicht wissen, was sie wollen, ihren nächsten kleinen schäbigen Genuss ausgenommen. Auf die man sich nicht verlassen kann. Die Frau und Kinder sitzen lassen für irgendeine andere.«

Die Dünne wollte etwas sagen, doch der alte Mann, dessen Körper sich im Zorn gestrafft hatte, gebot ihr mit einer plötzlich herrischen Geste zu schweigen und fuhr fort: »Sagen Sie jetzt nicht, dass die Männer schuld sind an der Misere! Die Frauen sind es genauso. Sie klagen, sie jammern, sie fordern, nie sind sie zufrieden. Heute ist eine Frau von einem Kind so geschafft wie zu meinen Zeiten von fünfen nicht. Sie wollen emanzipiert sein, aber ihre alten Privilegien behalten. Sie wollen arbeiten, aber nicht zu viel, sie wollen Kinder, aber nicht schwanger werden, sie wollen, dass der Mann die Steuererklärung macht und gleichzeitig mit ihnen, wie es heute heißt, shoppen geht, sie wollen mit den Männern konkurrieren, aber die Männer dürfen sie nicht wie Konkurrentinnen behandeln. Der Mann soll nach außen ein Kerl sein, der die anderen unterbuttert, und sich daheim den Launen der Frau unterwerfen, die sie für Gefühle ausgibt.«

Er hielt inne. Die beiden Soziologinnen hatten nicht die Kraft, diesem Ausbruch etwas entgegenzusetzen; ihnen fehlte der schützende Schreibtisch.

»Ich finde es falsch«, fuhr der Redner jetzt ruhiger fort und strich das schüttere Haar, das sich bei seinem Sermon etwas aufgelöst hatte, wieder nach hinten, »den jungen Leuten einzureden, dass es völlig normal ist, wenn sie sich trennen. Sie sollten verdammt noch mal ein schlechtes Gewissen haben! Die Menschen behandeln sich heutzutage wie Waren im Kaufhaus. Der andere hat immer ein Verfallsdatum, oder die Garantie läuft ab, er hat plötzlich Macken, die nicht im Kaufvertrag und der Bedienungsanleitung standen. Dann eben weg mit ihm, nicht wahr? Es kommt ja wieder neue Ware ins Kaufhaus, unausgesetzt, jeden Tag. Wer will denn zeitlebens mit demselben Sofa leben? Auch wenn es mal das beste Stück war. Pech nur, wenn eines Tages das eigene Kapital alle ist. Und was Sie da vorhin sagten mit den Kindern, die hätten durch die vielen Trennungen mehr, wie sagten Sie: Bezugspersonen? Das ist Unsinn, verzeihen Sie! Die Kinder verstehen das Warenspiel nämlich noch nicht. Sie haben keine Ahnung vom Verfallsdatum. Sie lieben einfach. Für sie gibt es nur Vater und Mutter. Ich sehe es an meinen Enkeln, wie schlimm es ist, wenn der Vater nicht mehr zu Hause wohnt. Wie es sie zerreißt ... Haben Sie Kinder?«

Die beiden Familienforscherinnen schwiegen betreten.

Der alte Mann nickte traurig und sah aus dem Fenster.

»Ich bin seit sechsundvierzig Jahren verheiratet«, sagte er schließlich, ohne den Blick wieder ins Innere des Abteils zu richten, sodass es schien, als spräche er mehr zu sich als zu seinen Zuhörerinnen. »Es war nicht immer leicht. Auch das Treusein nicht. Hunderte Nächte haben wir nicht schlafen können, weil ein Baby geschrien hat oder eins der Kinder krank war. Und mit den Enkeln ging der Nachtstress weiter, weil ihre Mutter eine Ausbildung machen und arbeiten musste, der Mann konnte sie ja nicht ernähren. Ich glaube, ich bin das erste Mal in meinem Leben im Ausland gewesen, als die beiden Ältesten volljährig waren. Wie habe ich mich gefreut, als die erste geheiratet hat! Was war ich glücklich, als die Enkel kamen! Und nun ist alles so schlimm geworden. Ein Scherbenhaufen.«

Er fuhr sich mit der Hand über die Stirn.

»Und trotzdem«, sagte er leise. »Und trotzdem! Ich würde es nicht anders machen.«

Über den Bordfunk wurde der nächste Halt angekündigt. Der alte Mann erhob sich schwerfällig. »Ich befreie Sie jetzt von meinem Gerede«, sagte er. »Verzeihen Sie nochmals, dass ich Ihnen das alles zugemutet habe! Es war nur, weil ich gehört hatte, dass Sie sich beruflich mit der Familie beschäftigen. Verzeihen Sie! Und viel Glück mit der eigenen!«

Mit einem Köfferchen in der Hand verließ er das Abteil und zog die Tür hinter sich zu. Die Blonde sah ihm nach. Auf ihrer Stirn standen zwei senkrechte Falten, ihren Augen blickten nachdenklich, ihre Mundwinkel waren nach unten gesunken.

»Bist du traurig wegen diesem alten Sack?«, fragte die Dünne. »Komm, gib mir einen Kuss!«

UM DERENTWILLEN
DIE SONNE SCHEINT

E r hatte sich rasiert, was in den letzten Tagen selten vorgekommen war, und danach einen seiner besten Anzüge angezogen. An der Wohnungstür hielt er noch einmal inne. Sein Blick wanderte durch den Flur. Aus den offenen Türen der Zimmer fiel trübes Licht in die Diele, und diesmal geschah nicht, was all die Tage zuvor geschehen war, obwohl es gar nicht geschehen konnte und seine Kollegen betreten die Augen senkten, wenn er davon erzählte, er hörte Katja nicht mehr aus dem Schlafzimmer rufen, er möge ihr endlich einen Kaffee bringen und ihr einen Kuss geben, und er hörte auch die Klingel des Tretautos nicht mehr, und kein David kam um die Ecke gebraust.

Alles blieb still.

Er stand wie versteinert, und sein Blick verschleierte sich.

Dann ging es wie ein Zittern durch seinen Körper, er drehte sich schnell um und zog die Tür ins Schloss. Nie wieder würde er hierher zurückkehren. Was für ein absonderlicher Gedanke, wo er in den vergangenen Jahren doch mindestens fünf oder sechs oder wahrscheinlich sogar zehntausend verschiedene Male hierher zurückgekehrt war! Nach Hause gekommen. Und nun – nie mehr wieder. Es gab kein Zuhause mehr. Es gab nur diesen regelmäßig aufschießenden, unerträglichen Schmerz, der stärker war als jeder Schmerz, den er in den einundfünfzig Jahren seines Daseins jemals verspürt hatte, ein Schmerz, der gleichgültig machte gegen alle anderen Dinge des Lebens wie etwa Hunger oder vermeintliche Pflichten und gegen den es kein Mittel gab, außer dorthin zu gehen, wo sie bereits waren. Seine wunderschöne Katja. Sein süßer Davidka.

Draußen war ein Oktobermorgen angebrochen. Es war kühl und windig, und es fiel ein leichter Regen. Er wollte mechanisch den Mantelkragen hochschlagen, ließ es aber bleiben, denn nichts war unwichtiger als dieser Kragen. Mit scheinbar entschlossenen Schritten lief er in Richtung Bahnhof, noch einmal zwischen all den Leuten hindurch, die zu ihren Büros und Arbeitsplätzen strebten. Eigentlich hatte er zeitiger unterwegs sein wollen, doch er, der seit Wochen kaum mehr Schlaf fand, war diesmal in einen besonders tiefen, nahezu komatösen Morgenschlummer gefallen, aus dem er erst gegen acht Uhr erwacht war, kaum wissend, an welchem Ort er sich befand, bis sich die unerträgliche Traurigkeit wieder eingestellt hatte. *Morgen!* hatte er am Abend davor zu sich gesagt, wie schon an vielen Abenden. *Heute!* war der erste Gedanke, der ihm dann durch den Kopf geschossen war. *Heute!* Und dabei sollte es bleiben.

Katja, Geliebte, Davidka, mein Süßer – *heute!*

Eine junge Frau kam ihm auf dem Gehweg entgegengestöckelt, unecht blond und unecht schick, in der linken Hand eine Zigarette, in der rechten das Mobiltelefon, und als sie einander passierten, hörte er sie schnattern: »Stell dir vor, da grapscht mich der Kerl doch an, schon am ersten Abend, na, dem hab ich aber was geflüstert ...« Vor seinem inneren Auge stieg das Bild auf, wie irgendwer dieses hübsche und zugleich stumpfe Ding angrapschte – wo mochte er wohl hingefasst haben? – und wie sie anfing zu zetern und dem Typen eine Szene machte ... Er verlor sich sekundenlang in dieser vorgestellten Szenerie, wie man sich unwillkürlich in ein Fernsehbild verliert, nur weil es da ist und sich bewegt. Doch schnell kehrte der Schmerz zurück, heftiger sogar als vorher. Es war, als grolle dieser Schmerz, dass er ihn mit solchen Trivialitäten fortzuscheuchen versuchte, und er beschleunigte seine Schritte.

Als er am Backwarenstand in der Bahnhofsvorhalle vorüberlief, empfand er Ekel vor all diesen Leuten, die hier mit obszönem Appetit Croissants, Sandwiches und Käsebrezen kauten, anstatt die Hände zu falten und dem lieben Gott oder sonst wem zu danken, dass sie schmerzfrei atmen durften. Warum aßen sie? Keiner von ihnen sah aus, als ob er es wirklich nötig hatte zu essen. Trotzdem taten sie es. Er überlegte, wann er das letzte Mal etwas zu sich genommen hatte, aber es fiel ihm nicht ein. Er befragte sein Gedächtnis nun so intensiv, dass er stehen bleiben musste, bis ihn das Wörtchen *egal* von dieser Grübelei befreite. Ihm kam der Militärarzt aus Tschechows Stück *Drei Schwestern* in den Sinn, das er vor vielleicht zwei Jahren zusammen mit Katja gesehen hatte, Tschebutykin oder wie der hieß, der hatte nahezu jeden Satz, den er sprach, mit dem Wort *egal* beendet. Zum Beispiel hatte er, als die Rede aufs Heiraten kam, die Einsamkeit beklagt, die er als Nichtverheirateter zu ertragen habe; »da kannst du philosophieren, soviel du willst, Einsamkeit ist ein schreckliches Ding, mein Freund«, hatte er gesagt und dann hinzugefügt: »Obwohl, im Grunde ist es natürlich völlig egal.« Katja hatte an dieser Stelle laut gelacht, deshalb konnte er sich so gut daran erinnern.

»Egal«, murmelte er vor sich hin, als wollte er ausprobieren, ob dieses Wörtlein taugte, um sich an ihm festzuhalten.

Er stand vor dem Schaufenster eines Blumengeschäftes, von dem er freilich nicht wahrnahm, dass es ein Geschäft war, und erblickte darin sein Spiegelbild. Er sah elegant aus, was die Kleidung betraf, aber das Gesicht, in das er schaute und das er gut erkennen konnte, weil ein königsblauer Stoff in der Auslage einen beinahe spiegelechten Kontrast erzeugte, dieses Gesicht gehörte eindeutig jemandem, der fertig war mit der Welt.

I.

In der Eingangshalle des Bahnhofs saß ein Bettler. Er kannte ihn, das heißt, er hatte ihn schon oft gesehen, an verschiedenen Stellen innerhalb eines offenbar engen Bewegungskreises, der Mann saß mal da und mal dort, doch stets entweder im Bahnhof oder in dessen Nähe. Immer hatte er diesen Plastikbecher vor sich gestellt und eine graue Wolldecke unter seinem Hintern gefaltet, und stets trug er diesen dünnen, rostbraunen, weit über die Lippen hängenden und sich am Kinn verfilzenden Bart, dessen auffälligste Eigenschaft darin bestand, dass in seiner Mitte das Rotbraun von einem Nikotingelb überlagert wurde, dem man ansah, dass es das Resultat Hunderter bis zum letzten Tabakkrümel gerauchter Zigaretten war; man konnte förmlich spüren, wie dieser Bart schmecken musste ... Früher hatte er diesen Anblick ekelhaft gefunden, doch heute kam es ihm vor, als sei ausgerechnet dieser rotgelbbraun umfusselte Mund, über dessen inneren Zustand man kaum nachzudenken wagte, nichts weniger als ein Sinnbild des Lebens in seinem verzweifelten Beharren und seiner deftigen Sinnlichkeit.

Der Bettler trug einen verdreckten Jeansanzug, saß im Schneidersitz, die Füße steckten in mit Bindfaden und Draht zusammengehaltenen Turnschuhen, und er starrte vor sich auf die Erde. Sein Gesicht war blass und aufgedunsen, die Hände zitterten leicht, sei es wegen der Morgenkühle, sei es, weil ihm der Fusel ausgegangen war. Er überlegte, wie alt der Bettler wohl sein mochte, und kam zu dem Ergebnis, dass sie beide durchaus vom selben Jahrgang stammen könnten, denn der Kerl war bei näherem Hinschauen offenbar gar nicht so alt, wie er auf den schnellen Blick aussah. Er erinnerte sich daran, dass der Bettler letztes Jahr in der Weihnachtszeit eine rote Santa-Claus-Mütze aufgehabt und Weihnachtslieder gesungen, oder besser, gegrölt hatte, ein bisschen näher am Karstadt-Eingang sitzend, der einige Schritte von hier entfernt das Warenhaus mit dem Bahnhof verband. Er hatte natürlich noch nie ein Wort mit diesem Menschen gesprochen und ihm auch noch nie eine Münze in den Becher geworfen. Heute würde er es nachholen. Keine Münze – einen Schein. Als Abschiedsgruß gewissermaßen, an einen alten Bekannten.

Er ging auf den Mann zu, der es sofort registrierte, den Kopf etwas hob, nicht weit, nur zwei, drei Zentimeter, und den gut gekleideten Herrn aus seinen wasserblauen Augen halb stumpf, halb forschend ansah. Er hatte gewohnheitsmäßig in die linke Brusttasche seines Jacketts gegriffen, um die Brieftasche herauszunehmen, aber da war keine. Ihm fiel ein, dass er sie zu Hause gelassen hatte, beziehungsweise dort, wo sein Zuhause gewesen war, mitsamt den Kreditkarten, um alle Brücken hinter sich abzubrechen und damit niemand sie später bei ihm fände.

Der Bettler blickte noch immer erwartungsvoll zu ihm empor.

Er runzelte verlegen die Stirn und zuckte mit den Schultern. »Tut mir leid«, sagte er, »ich habe meine Brieftasche vergessen.«

Statt einer Antwort machte der Bettler ein schnaubendes Geräusch, das sich weniger enttäuscht als vielmehr despektierlich anhörte und den verhinderten Almosengeber verlegen machte; es schien, als glaubte ihm der Mensch nicht. Er überlegte, ob er nicht einfach weitergehen sollte, doch etwas in ihm sprach, er dürfe sich ausgerechnet an diesem Tag so etwas nicht erlauben. Also verharrte er. Ich könnte in die Wohnung gehen, überlegte er, das gesamte Geld aus der Brieftasche nehmen und alles dem Bettler geben. Da fiel ihm wiederum ein, dass er ja auch die Wohnungsschlüssel dort zurückgelassen hatte. Sie lagen auf dem Küchentisch. Er hatte es mit Bedacht getan, er war sozusagen klüger gewesen als er selbst. Nur das Geld für eine S-Bahn-Fahrkarte hatte er eingesteckt. Er war genauso mittellos und unbehaust wie dieser Penner da.

Der starrte inzwischen wieder auf den Boden und schien den nutzlosen Menschen vor sich aus seiner Wahrnehmung gestrichen zu haben.

Dem kam eine Idee. Er löste seine Uhr vom Handgelenk – ich werde das Ding ohnehin nicht mehr brauchen, dachte er – und hielt sie dem Bettler hin. Da der Kerl nicht reagierte, sagte er: »Darf ich Ihnen meine Uhr schenken? Schauen Sie, die hat mal über dreitausend Euro gekostet, Sie können sie tragen, dann wissen Sie immer, wie spät es ist, oder Sie verkaufen sie ... Es ist wohl besser, wenn Sie sie verkaufen, Sie haben ja genug Uhren hier auf dem Bahnhof ... Aber lassen Sie sich nicht übers Ohr hauen!«

Während er so redete, hatte der Bettler wieder seine wasserblauen Augen nach oben gerichtet, die verständnislos auf das vor ihnen baumelnde Chronometer aus bewährter Schweizer Fertigung starrten. Nun öffnete sich erstmals ein waagerechter Spalt im dunkelgelb durchwirkten Rotbraun, zwei lückenhafte Reihen schwärzlicher Zahnruinen wurden sichtbar, und eine sich tief aus der Brust lösende raue Stimme sprach: »Willste mich verarschn?«

Das *Du* pikierte ihn etwas, mehr noch als die unerwartete Unwilligkeit des so großzügig Beschenkten, und er antwortete in einer Art Kommandoton: »Nein, durchaus nicht, nehmen Sie sie – ich schenke sie Ihnen!«

Der Bettler griff zögerlich nach der Uhr. Er betrachtete sie ein paar Sekunden wie einen Gegenstand aus einer unbegreiflichen fremden Welt, ungefähr wie ein Wilder, der ein Produkt der Zivilisation erstmals in seinen Händen hält, doch überraschenderweise gab er sie zurück und sagte: »Das kann ich nicht annehmen. Gib mir lieber 'ne Zigarette!«

»Ich rauche leider nicht«, sagte er und wiederholte: »Nehmen Sie das bitte als Geschenk.«

Der Penner schüttelte den Kopf und hielt ihm die Uhr weiter hin.

Eine ältere Frau war stehen geblieben und beäugte neugierig die merkwürdige Szenerie. Es war eine jener typischen allzeit kopfschüttelbereiten Alten, die immer stehen bleiben und gucken, wenn sich eine Gelegenheit dazu bietet, und die später, bei einer Tasse Kaffee oder beim Schwatz vor der Haustür, ähnlich gearteten älteren Frauen erzählen, was sie nun um alles in der Welt wieder erlebt haben. Er fürchtete, es werde sich in Kürze eine

Menschentraube bilden, und kam sich recht lächerlich vor, wie er hier stand und diesem Typen ein üppiges Almosen aufzudrängen versuchte, das der offenbar gar nicht haben wollte oder dessen Sinn er nicht verstand. Dann fiel ihm ein, dass er ja selber ein Obdachloser war, und er ließ sich neben dem verdutzten Penner auf die dreckigen Steinfliesen des Bahnhofs nieder, wobei er sich an der Wand abstützte, um sein arthrotisches Knie nicht zu belasten. Als der Kerl ihn verblüfft ansah, sagte er lächelnd: »Ich werde mich nicht eher von der Stelle bewegen, als bis Sie mein Geschenk angenommen haben.« Und der Beobachterin rief er zu: »Das Schauspiel ist zu Ende!«

Die Alte erschrak fast bei diesen Worten und machte, dass sie weiterkam, wobei sie noch zweimal kopfschüttelnd zurückschaute; beim zweiten Mal tat sie sogar noch eigens ein paar Schritte in Richtung Wand, weil ihr andere Passanten die Sicht versperrten.

Er saß, was sich angenehm anfühlte, obwohl der Steinboden kalt und schmutzig war und er mit einem leichten Grausen daran dachte, dass er aus dieser tiefen Sitzposition ja wieder aufstehen musste, wo er doch bereits starke Schmerzen litt, wenn er bloß aus dem Bett aufstand, denn sein rechtes Knie war zerstört. Für einen Menschen Anfang fünfzig und bei seiner Schlankheit sei das ein ungewöhnlich früher Zersetzungsprozess, hatte sein Orthopäde gemeint, er werde demnächst ein künstliches Gelenk brauchen, und ihm fiel ein, dass er vergessen hatte, den OP-Termin abzusagen. Irgendwo in diesem Krankenhaus lag jetzt ein Metallknie herum, das eigentlich ihm gehörte. Aber das würde dann eben einem anderen eingepflanzt werden und dereinst übrig bleiben, nachdem man seinen Besitzer in den Ofen geschoben hatte.

Der Bettler war ein Stück von ihm abgerückt und starrte ihn von der Seite misstrauisch an. Die Uhr hatte er auf den frei gewordenen Platz zwischen sich und den sonderbaren Eindringling in seine Welt gelegt. Für diesen Penner war es wohl so, als ob sich jemand gewaltsam Zutritt in seine Wohnung verschafft hatte.

»Sie sollten die Uhr annehmen. Bedenken Sie, wenn Sie das Ding verkaufen, kriegen Sie mindestens hundert Flaschen Schnaps dafür!«

Der Bettler nahm die Uhr wieder und betrachtete sie. Er hatte kleine, fast feminine Hände. Ersichtlich hatten diese Hände niemals harte körperliche Arbeit verrichtet. Die oberen Glieder des rechten Zeige- und Mittelfingers hatten die Zigaretten dunkelgelb bis ockerfarben koloriert, die Fingernägel bildeten schwarze Halbmonde, einer war vollständig schwarz oder schwarzblau, vielleicht als Folge einer Quetschung. Auf einmal verschwand die Uhr in den sich um sie schließenden Fingern und danach in der Hosentasche. Das war alles. Kein Wort begleitete diesen Vorgang.

Er erinnerte sich, dass er den Bettler früher einmal Mundharmonika hatte spielen hören, hundsmiserabel übrigens, aber entweder hatte er die Grauenhaftigkeit seines Spiels gar nicht mitbekommen, oder es war ihm völlig einerlei.

»Wo ist Ihre Mundharmonika?«, erkundigte er sich.

»Geklaut«, bekam er zur Antwort.

»Na, dann passen Sie auf, dass Ihnen niemand die Uhr stiehlt!«

»Was soll ich machen?«

»Aufpassen, dass Ihnen niemand die Uhr stiehlt!«

»Nein, was ich für die Uhr machen soll.«

»Für die Uhr? Gar nichts. – Oder warten Sie: Darf ich Ihnen eine Frage stellen? Vielleicht sogar zwei Fragen?«

»Zwei Fragen, ohne Zigarette?« Der Rotbart schüttelte den Kopf. »Ich geh mir erst 'ne Kippe suchen.«

Ächzend erhob er sich und taperte los. Sein Gang hatte etwas Tastendes, Ungelenkes, als sei er seit langer Zeit des Gehens entwöhnt und könne jeden Augenblick zusammenbrechen, doch mit jedem Schritt gewann er an Sicherheit, und schließlich lief der Mensch ganz normal, wie alle anderen hier, zwischen denen er schließlich verschwand.

Nun saß er allein hier auf dem versifften Steinboden der Bahnhofsvorhalle. Viele der Vorübergehenden schauten verwundert auf ihn. Es war das erste Mal seit Wochen, dass ihn etwas amüsierte. Wie diese Knallköpfe glotzten! Würde er aussehen wie der Penner, sie hätten keinen Blick für ihn; nur weil er teure Klamotten trug und weil sein Anblick nicht in die absurden Raster in ihren Schädeln passte, schauten sie nach ihm.

Ein Kind blieb vor ihm stehen, ein kleiner blonder Junge, vielleicht fünf Jahre alt, und er sah aus seinen klaren Augen mit tiefem Ernst auf ihn herab.

»Warum sitzt du hier?«, fragte der Kleine. »Ist dir schlecht?«

Er ist so alt wie Davidka, dachte er, und die Augen wurden ihm feucht.

»Lion!«, rief eine Frauenstimme, »Lion, was machst du da? Wieso läufst du weg? Lass den Mann in Ruhe!«

Er gab sich nicht die Mühe, aufzusehen und das Gesicht der Mutter zur Kenntnis zu nehmen. Er konnte dem Jungen noch zuraunen: »Das ist ein Geheimnis!«, dann wurde der Kleine fortgeführt, und während tadelnde Worte auf ihn herniedergingen, drehte er sich noch einmal um.

Kurz darauf kehrte der Penner zurück, mit einer Handvoll zu zwei Dritteln oder mehr aufgerauchter Zigaretten. Er ließ sich ächzend auf seiner Decke nieder und sagte: »Die Kippen werden auch immer kürzer. Scheiß Preistreiberei!«

Sorgsam suchte er den längsten Zigarettenstumpf aus dem Haufen, förderte ein Feuerzeug aus seiner Jackentasche zutage, brannte die Kippe an und sog den Rauch mit einer Vehemenz bis in die äußersten Spitzen seiner Lungen, die schon wieder so etwas wie Daseinsbegeisterung ausstrahlte. Er behielt den Rauch ein paar Sekunden in sich, dann entließ er ihn mit einem Zischen und sagte in den Rauch hinein: »So. Jetzt schieß los mit deinen Fragen!«

»Wie lange leben Sie schon auf der Straße?«

»Weiß ich nicht mehr. Jahre.«

»Leben Sie gern?«

Wieder sah er in ein verständnisloses Wasserblau.

»Was bist du fürn komischer Vogel? Sitzt hier mit deinen schnieken Klamotten, verschenkst Uhren und stellst solche Fragen. Lebst du denn gerne?«

»*Ich* habe *Sie* gefragt.«

»Ich bin nich ›Sie‹. Ich bin ›du‹. Und ich lebe nich gern, und nich nich gern.« Der Kerl sog am Stummel, die Glut erreichte ein Barthaar, das mit leisem Knistern verschmorte. »Ich lebe eben.«

»Was hält Sie denn am Leben?«

»Zum Beispiel diese Dinger hier.« Der Penner deutete auf die Kippen, die vor ihm auf der Erde lagen, suchte eine neue hervor, steckte sie an der Vorgängerin an und inhalierte wieder mit einer Inbrunst, als gäbe es kein Morgen. So wie dieser Typ den Rauch einsaugt, konnte man es ihm fast glauben.

»Und was noch?«, fragte er. »Die Raucherei wird es ja wohl nicht sein.«

»Komische Vögel wie du, die hierherkommen, bekloppte Fragen stellen und ihre Uhren verschenken.«

»Mm.«

Der Rotbart schien zu überlegen. Dann sagte er: »Schnaps!«

Ihm fiel ein, dass er ja auch damit dienen konnte, und er griff in seine Manteltasche. Dort befand sich ein schön verzierter Aluminiumflachmann, 0,25 Liter, den er daheim mit Armagnac gefüllt hatte, nicht mit irgendeinem Armagnac, sondern mit einem 1978er Baron de Sigognac. Er hatte dieses Fläschchen seit Jahren nicht mehr benutzt, das letzte Mal im Stadion während eines Fußball-Europapokalspiels an einem Winterabend. An diesem Morgen war ihm das Ding durch einen Zufall in die Hände geraten, und er hatte es spontan für eine gute Idee gehalten, sich zur allfälligen Stärkung etwas Hochprozentiges in die Tasche zu stecken, falls es ihm später an Mut fehlen sollte.

Der Anblick des Aluminiumfläschchens löste bei seinem Sitznachbarn erwartungsvolle Unruhe aus. Vermutlich würden nicht einmal vierzig Volumenprozent Alkohol imstande sein, die Mikrobenheere auszumerzen, die dieser Penner an der Flasche hinterlassen würde, sobald er aus ihr tränke, dachte er und ärgerte sich sogleich, dass er dergleichen zu denken immer noch imstande war. Er hielt dem Bettler die Flasche hin. Über dessen aufgedunsenes Gesicht huschte ein freudiges Grinsen, und mit einem Glucksen in der Stimme, als dessen Ursache nur ein plötzlich vermehrter Speichelfluss infrage kam, sagte er: »Biste der Weihnachtsmann, oder was?«

Der Penner wollte zugreifen, als dem Spender etwas einfiel. Er deutet auf den Bettelbecher und fragte: »Ist der leer?«

Der Bettler griff sich den Becher, stülpte ihn um und knurrte: »Ja, Scheiße, Mann, der ist meistens leer!«

Nun ward er zur Hälfte gefüllt. Der Rotbart roch am neuen Inhalt, sein Grinsen wurde so breit, dass es ihm die Augen zu Schlitzen presste, und er seufzte: »Mensch, das riecht aber gut! Was issen das fürn Stoff?«

»Armagnac.«

»Kenn ich nich. Klingt französisch. Riecht sogar französisch!«

Er nahm einen Schluck, senkte den Kopf weit in den Nacken, ließ ein Gurgeln ertönen – er gurgelte tatsächlich mit dem Schnaps –, schluckte behutsam, dann noch einmal, und noch einmal, bis sein Mund leer war, machte »Aaahh!« und strahlte. Um den Becher sofort wieder anzusetzen.

Das bislang kränklich-blasse Gesicht des Bettlers gewann nun in verblüffendem Tempo an Farbe. Der ganze Mensch vollzog eine Metamorphose, nicht nur seine Miene hellte sich auf und seine Haut rötete sich, er straffte den Rücken, richtete sich auf, weitete die Brust, und auch seine stumpfsinnsnahe Introvertiertheit spülte der Schnaps fort. Er polkte die nächste Kippe aus dem Häufchen und schwätzte: »Also gut, Weihnachtsmann, heute, jetzt gerade eben, leb ich gern. Doch, doch.« Das Feuerzeug flammte auf. »Aber meistens eben nich.« Rauch umwölkte seinen Kopf. »Wenn die Zähne wehtun oder der Arsch wie Feuer brennt von den Häh-moh-rieh-den« – er dehnte die Vokale in diesem Wort wie ein Connaisseur – »und keiner da ist, der dir hilft ... Wenn es kalt wird ... Aber dann kommt der Frühling wieder. Oder der Becher is wirklich mal voll.«

Inzwischen war er freilich wieder leer, und die mattblauen Augen erweiterten die Palette ihrer Ausdrucksmöglichkeiten um jene fragender Hoffnung. Der Spender nahm selber zwei Schlucke aus der Flasche, deren Brennen ihm wohltat, dann goss er dem Kerl den gesamten Rest nach.

Den Rotbart hatte eine wilde Gier übermannt, hastig nahm er den Becher und trank ihn aus. Danach rülpste er leise. Auf seinem Gesicht, dessen Färbung inzwischen ins Fleckige übergegangen war, lag ein Ausdruck kindlicher Seligkeit.

Er verstand allmählich, wie sich die Welt aus der Perspektive eines Bettlers ausnahm. Die Menschen besaßen keine Köpfe. Es war ein notorischer Ausblick auf Schuhe und Beine, auf Männerhosen und Frauenwaden, die an einem vorbeidefilierten. Hin und wieder kamen zwei Füße näher, blieben kurz stehen, eine Münze schlug ein, und sie marschierten eilig wieder fort. Zumindest an normalen Tagen, bislang war es nicht passiert, denn zum einen war der Becher zwischendurch als Trinkgefäß zweckentfremdet worden (jetzt stand er wieder in seiner leicht vorgeschobenen ursprünglichen Position), zum anderen saß er hier, ein offenkundiger Nichtbettler, dem natürlich keiner der Vorbeilaufenden Geld hinwarf. Der Rotbart für seinen Teil schaute kaum mehr zu den Gesichtern. Die Erfahrung, dass fast alle vorübergingen, lenkte den Blick im Laufe der Zeit wohl automatisch nach unten.

Der Bettler hatte sich in seiner Schneidersitzstellung um einige Grad zu ihm gedreht, und sein Gesicht, obwohl noch immer aufgedunsen und rötlich gesprenkelt, hatte jetzt einen Ausdruck großen Ernstes angenommen. Er musterte ihn eindringlich, um schließlich das Wort an ihn zu richten: »Sie« – plötzlich war er beim Sie – »Sie fragen, weil Sie selber am Ende sind?«

»Wie kommen Sie denn darauf?«, murmelte er.

»Also ich«, sagte der Bettler, »wäre froh, wenn ich Sie wäre.«

»Was wissen denn Sie?«, platzte es aus ihm heraus, und er wollte aufspringen, weil ihn wieder diese schneidende Traurigkeit anfiel, gegen die es kein anderes Mittel gab, als loszurennen oder zu schreien oder sich auf den Kopf zu schlagen, aber ein Stich durchfuhr sein rechtes Knie, als hätte ihm jemand ein Messer von oben herab unter die Kniescheibe direkt ins Gelenk gerammt. Er stieß einen Wehlaut aus, sank ächzend an die Wand und zurück auf die Erde, und während die rechte Hand das schmerzende Knie umklammerte, legte er die andere auf seine Augen.

Dann war es, als verließe ihn alle Kraft und aller Wille. Er wollte nie wieder aufstehen. Es tat gut zu sitzen, obwohl der Steinfußboden kalt war, dieses Sitzen erschien ihm auf einmal als die einzige Möglichkeit zu existieren, und er konnte es sich nicht erklären, warum er eben noch hatte aufspringen wollen.

Ein weiteres Gespräch fand nicht mehr statt. Er döste ein und versank in einem wohligen Nichtmehr und Nochnicht, wo es keine Worte und keinen Jammer gab, wo die Sonne schien, doch nicht zu stark, wie durch einen Schleier freundlichen Nebels, sie wärmte, aber sie blendete nicht. Als er aus dem Schlummer aufschreckte, standen zwei hochgewachsene, kräftige junge Männer vor ihm, die Schnürstiefel, Uniform und Schlagstöcke trugen und an seiner Schulter rüttelten.

»Hallo, kommen Sie zu sich!«, rief der eine.

»Was ist mit Ihnen? Fühlen Sie sich nicht gut?«, erkundigte sich der andere in etwas sanfterem Ton.

Er antwortete nicht. Er musste erst einmal begreifen, wo er sich befand. Der Bettler war verschwunden, und er selber *lag* inzwischen auf den Steinplatten. Er richtete sich langsam auf. Hinter den Wachmännern hatte sich eine kleine Menschenmenge gebildet.

»Brauchen Sie einen Arzt?«, fragte der nettere der beiden Uniformierten.

Er schüttelte den Kopf.

Der Penner hatte sich vermutlich aus dem Staub gemacht, als er die U-Bahn-Wache nahen sah. Ihn einfach wegzuscheuchen trauten sich die beiden Burschen nicht, weil er so gar nicht nach ihrer üblichen Wegscheuchklientel aussah.

Ein weiteres Männerbeinpaar blieb vor ihm stehen, zwei Wildlederschuhe und eine khakifarbene Stoffhose. »Kilian?«, hörte er eine Stimme fragen, die ihm von irgendwoher bekannt vorkam. »Kilian Bernauer?«

II.

Er schrak zusammen, als er so beim Namen gerufen wurde. Es war ja abzusehen, dass ihn früher oder später irgendein Passant erkennen würde, dachte er, während er den Blick müde hob. Was saß er auch hier herum? Nun würde er machen müssen, dass er fortkam.

Vor ihm stand ein Mann in seinem Alter, bebrillt, mit Bürstenhaarschnitt, schlank, gebräunt, und lächelte ihn unsicher an.

»Du bist es, kein Zweifel!«, sagte der Mann, während er sich zu ihm bückte und sein Handgelenk ergriff, als wollte er ihm den Puls fühlen. »Ist dir schwindlig geworden? Musst du irgendwelche Medikamente nehmen? Was fehlt dir? Hast du« – er hatte den Armagnac gerochen – »getrunken?«

Merkwürdig, dass die Leute immer gleich gelaufen kommen, wenn einer am Boden liegt, und ihm auf die Beine helfen wollen, als wäre Liegen etwas Schlechtes oder Anrüchiges, dachte er, während er den Menschen musterte, der seine Hand hielt. Keine Frage, er kannte dieses Gesicht, es war ihm beinahe vertraut, wenngleich wohl in einer etwas jüngeren Gestalt.

»Erkennst du mich denn nicht?«, fragte der Mann.

Jetzt fiel der Groschen.

»Moritz Dornberg?«

»Aber ja doch!«

Dornberg war sein bester Freund an der Universität gewesen und noch lange Zeit später, aber seit einigen Jahren hatten sie sich aus den Augen verloren, seit sie in verschiedenen Städten wohnten, zumal Dornberg viel früher als er eine Familie gegründet hatte. Eine Familie ...

»Kannst du mir aufhelfen?«, fragte er leise.

»Aber bist du auch in Ordnung?«

»Mir geht es gut, ich habe nur ein völlig ramponiertes Knie.«

Mit Dornbergs Hilfe kam er schnell auf die Füße.

»Sie kennen sich?«, fragte der freundlichere der beiden Wachmänner.

»Jaja, hier ist alles okay!«, versicherte der Freund.

»Gut!«, sagte der Wachmann. Da es für sie nichts mehr zu tun zu geben schien, schoben die beiden ab, im typischen halb drohenden, halb gelangweilten Gang ihrer Berufssparte. Im Handumdrehen hatte sich auch der kleine Menschenauflauf zerstreut.

»Aber natürlich ist nicht alles in Ordnung, oder?«, fragte Dornberg und blickte ihn prüfend an. »Wieso sitzt einer wie du vormittags am Bahnhof und riecht nach Schnaps? Hast du deinen Job verloren?«

Den Job, dachte er, den Job! Er fragt nach dem Job. Was für ein Irrsinn! Tausend Jobs hätte er verloren haben können. Er verspürte das Bedürfnis, den Freund von einst anzubrüllen und ihm zugleich schluchzend an die Brust zu sinken.

»Wollen wir einen Kaffee trinken gehen?« Dornberg sah auf seine Uhr. »Es ist halb elf, ich habe Zeit bis halb zwei. Wir können auch gleich zusammen Mittag essen gehen, ich habe nicht gefrühstückt heute, und du erzählst mir, was passiert ist – also wenn du willst.«

Nichts werde ich dir erzählen, dachte er, denn nichts, was ich zu erzählen habe, passt in deinen Terminplan.

Wenn ich anfinge, würdest du dir wünschen, mich nie getroffen zu haben, du würdest dich danach sehnen, dass es endlich halb zwei wird, damit du fliehen kannst, und zugleich würdest du dich ein bisschen schämen, dass du wegmusst ... Wieso ist es eigentlich schon halb elf? Hatte er dermaßen lange dort gesessen? Was war in dieser Zeit geschehen? Ihm war sie wie zehn Minuten vorgekommen.
»Ich habe keinen Cent einstecken.«
»Na, das macht überhaupt nichts, ich lade dich ein!«, rief Dornberg. »Wir haben uns so lange nicht mehr gesehen.«
Er spürte zwar nicht die geringste Lust, sich zu unterhalten, doch er war diesem Vertreter des Früher für sein unverhofftes Auftauchen im Heute irgendwie dankbar, denn Früher war besser gewesen, entschieden besser, ein Zeitraum, in dem es sich für einen Moment aushalten lassen würde. In seinem Innern lauerte sprungbereit der Schmerz, doch so wie es Körperhaltungen gab, in denen sich ein Magengeschwür plötzlich halbwegs ertragen ließ, gab es offenbar auch Situationen, die diesen Schmerz etwas zu mildern vermochten – natürlich mit der Gewissheit, dass der geringste Anlass ausreichen konnte, ihn wieder emporschießen zu lassen.
Außerdem hatte ihn plötzlich ein wildes Verlangen nach Wein erfasst, er hätte ein ganzes Fass austrinken können. Dornberg führte ihn in ein Hotelrestaurant gegenüber dem Westeingang des Bahnhofs, nachdem Gegenvorschläge von der Seite des Eingeladenen ausgeblieben waren. Sie ließen sich in dem menschenleeren Restaurant an einem Ecktisch nieder. Heiter und zugleich ein kleines bisschen befremdet nahm sein einstiger Kommilitone zur Kenntnis, dass er eine ganze Flasche Weißwein für sich

bestellte, während Dornberg selber nur Wasser und Kaffee orderte. Ihm schien es richtig gut zu gehen. Er strahlte eine Zufriedenheit aus, die auf einen anderen Gesprächspartner womöglich ansteckend gewirkt haben würde. Vielleicht freute er sich wirklich so sehr darüber, den alten Freund wieder zu treffen, dass der normale Fluchtreflex angesichts fremden Unglücks bislang versagt hatte. Dass mit dem Mann, den er da gerade im Bahnhof aufgelesen hatte, etwas nicht stimmte, konnte Dornberg ja schwerlich entgangen sein.

»Mensch, Bernauer, ich will dich ja nicht löchern, aber was ist los mit dir?«, fragte er denn auch. »Kann man dir irgendwie helfen?«

»Nein, mir kann niemand helfen. Aber es ist eine gute Idee, hier zu sitzen, und alles andere ist egal.«

Er hatte dieser Antwort einen Beiklang von Belanglosigkeit gegeben, der ihn selber überraschte, und der Schmerz war währenddessen still geblieben. Nachdem der Kellner die Getränke aufgetragen und ihm »Wohl bekomms!« gewünscht hatte, trank er den Wein mit derselben Gier wie der Penner vor Kurzem seinen Armagnac, er bekam das Glas einfach nicht mehr von den Lippen, er leerte es, ohne abzusetzen, und er hätte schwören können, dass ihm noch nie ein Wein so gut geschmeckt hatte wie dieses objektiv gesehen eher mittelklassige Gesöff.

Bei seinem Gegenüber lösten seine Worte in Verbindung mit diesem geradezu handgreiflichen Durst zunächst einmal stirnrunzelnde Verwunderung aus, die sich freilich jäh in das Bedürfnis verwandelte, ein Gleiches zu tun. Möglicherweise hatte er verstanden, dass die Situation, in welche er durch seine Spontaneinladung geraten war, nüchtern für ihn nicht einfacher werden würde. Jedenfalls ließ er sich ebenfalls ein Weinglas bringen, und nachdem er den ersten Schluck genommen hatte, murmelte er: »Du hast ja recht, was solls, man muss sich nicht dauernd zusammenreißen, dafür schmeckt so ein Weißer auch schon mittags viel zu gut!«

Eine Pause trat ein, die sich peinlich in die Länge zog. Überlegte Dornberg gerade, ob er besser diese Einladung hätte unterlassen sollen? Suchte er nach einem Vorwand, sich zu absentieren?

Sein Gast gab sich einen Ruck und fragte: »Was führt dich denn in diese Stadt? Geschäfte? Oder wolltest du Irene mal wiedersehen?«

Dornberg war von dieser Frage sichtlich erleichtert. »Irene«, sang er mit einem Anflug von Schwärmerei, »ja, die war scharf. Wohnt sie noch hier? Weißt du noch, wie wir ihr zusammen nachgestiegen sind? Sie hatte den schönsten Busen und das frivolste Lächeln der gesamten Uni ...«

»Ja, aber wenn ich mich recht entsinne, hattest du kein Auge mehr für sie, seitdem diese Barbara aufgetaucht ist.«

Die Miene des Freundes verfinsterte sich für einen Sekundenbruchteil, dann scheuchte ein Lächeln alles fort.

»Wir haben sogar geheiratet!«

»Ach? Nach der Uni warst du doch mit dieser Spanierin zusammen.«

»Nein, erst Jahre später. Ich habe den Riesenfehler gemacht, eine Frau zu heiraten, die mich, als sie noch jung und umschwärmt war, nicht mit dem Hintern angeguckt hat. Das sollte ein Mann niemals tun! Aber ich war so verrückt nach ihr, auch später noch. Ich wollte ihr diese

Blasiertheit austreiben, ihr diesen unsäglichen Hochmut aus der Miene vö–«

Er verschluckte das Wort und lächelte verlegen.

»Und was ist passiert?«

»Was passiert ist?« Dornfeld lachte bitter auf und schenkte beiden nach. »Das ganze Programm! Sie hat mich geheiratet, weil ich damals ziemlich viel Geld hatte, einzig deswegen, glaub mir, es gab keinen anderen Grund. Nun gut, ich habe mich eine Zeit lang mit ihrem Körper getröstet, der war nach wie vor eine Droge ... Sie wurde schwanger, unsere Tochter kam. Sie hat mich jahrelang betrogen, zuletzt mit so einem älteren Gaunertypen. Ich war ja beruflich ständig unterwegs. Eines Tages, ich kam von einer Dienstreise, damals fing ich an mit dem Asienhandel, ich habe ein kleines Unternehmen, musst du wissen, und war mehrere Wochen in Thailand und Kambodscha – eines Tages also komme ich nach Hause zurück, und das Haus steht leer. Komplett leer! Nicht nur sie und das Kind waren verschwunden, sondern auch sämtliche Möbel. Sogar meine CDs hat sie alle mitgehen lassen.«

Der Kellner erschien und fragte: »Wünschen die Herren etwas zu speisen?«

Dornfeld warf einen fragenden Blick auf seinen Gast, und da der den Kopf schüttelte, schickte er den Kellner mit den Worten »Später vielleicht« wieder weg und fuhr fort: »Zugleich traf eine amtliche Verfügung bei mir ein, dass ich mich ihr bei Strafe nicht mehr nähern dürfe. Sie hatte mich angezeigt und behauptet, ich hätte sie regelmäßig gegen ihren Willen zum Sex genötigt und sie habe den Verdacht, auch meine Tochter sei von meinen perversen Gelüsten womöglich nicht verschont geblieben. Das Mädchen war damals acht Jahre alt! Ich bin natürlich sofort vor Gericht gezogen – und dort mit Pauken und Trompeten eingegangen. Mir kam es vor, als ob die Richterin und die gegnerische Anwältin gemeinsam in einer Lesben-WG lebten, so blind verstanden sie sich. Seither zahle ich einen Batzen Geld für dieses Miststück, und meine Tochter darf ich nur einmal vier Stunden alle vierzehn Tage sehen. Das hat mein Anwalt durchgedrückt, weil sich der Vorwurf der sexuellen Belästigung als komplett haltlos erwiesen hat. Wobei sie es immer wieder schafft, auch diese vier Stunden zu boykottieren. Sie verkehrte mit mir natürlich nur über Dritte, ich habe sie seit der Gerichtsverhandlung nie mehr gesehen.«

Dornfeld nahm nun einen ähnlich innigen Schluck aus dem Glas wie sein Zuhörer vorhin.

»Ich habe eine Zeit lang wirklich überlegt, ob ich sie umbringen sollte, egal wie lange ich dafür in den Knast wandere, dieses Gefühl, dermaßen ungerecht behandelt worden zu sein, konnte ich anfangs kaum aushalten. Außerdem war das Kind total aufgehetzt gegen mich, sie hat kaum mit mir geredet, egal was ich versuchte. Tja, und dann hab ich die Sache irgendwann aufgegeben. Ich sagte ihr zum Abschied, während sie wie ein Holzpuppe vor mir saß: ›Liebe Ina, ich habe weder dir noch deiner Mutter jemals etwas Böses getan. Wenn du eines Tages dahinterkommen solltest, was wirklich geschehen ist, kannst du jederzeit bei mir anrufen, ich werde immer für dich da sein.‹«

Er legte eine Pause ein, aber sein Unterkiefer mahlte heftig.

»An ihrem zwölften Geburtstag hat sie angerufen«, fuhr er fort. »Seither sehen wir uns wieder regelmäßig. Es war ihre Entscheidung, gegen den Willen ihrer Mutter. Sie sieht dieser Frau übrigens überhaupt nicht ähnlich, sie hat meine Augen. Es gibt doch so etwas wie Gerechtigkeit! Und ich bin heute mit einer Asiatin verheiratet, einer Kambodschanerin, jung, hübsch, warmherzig, treu, wir haben zwei Söhne und alles ist gut. Wenn ich daran denke, wie verzweifelt ich zwischendurch gewesen bin ... Ich wollte mir sogar das Leben nehmen! Doch es gibt immer eine neue Chance! – Ich Esel quatsche hier die ganze Zeit über mich, entschuldige, aber was ist mir dir?«

Er sah Dornfeld an, der eben noch, als brächte er einen Toast aus, das Glas gegen ihn erhoben hatte und in dieser Haltung gleichsam erstarrt war, und er dachte, dass er tatsächlich nach Hause gehen und den Schlüsseldienst rufen und sich eine Asiatin zur Frau nehmen und noch einmal von vorn anfangen konnte ... Er erschrak, wie plastisch dieser Gedanke wurde, wie leicht der Rückweg einzuschlagen wäre, er dachte an die einsamen, tränenlos durchweinten Nächte, und beinahe panisch sprang er auf und eilte, ohne einen Blick oder ein Wort an seinen Gegenüber zu richten, zur Toilette. Das Herrenklo, in welches er mehr hineinstürzte als eintrat, war so leer wie das gesamte Lokal, er riss mehrere Meter des Papierhandtuchs aus der Rolle, während er gellend zu schreien begann, er stopfte sich den Stoff in den Mund, bis das Schreien erstickt war und nur noch in seinem eigenen Schädel dröhnte, er trommelte mit den Fäusten gegen die Wand und sank schließlich schluchzend über ein Waschbecken – –

Als er zehn Minuten oder eine Viertelstunde später wieder ins Restaurant zurückkehrte, war Dornfeld verschwunden. Auf dem Tisch, unter den Weinkühler geklemmt, lagen ein Hundert-Euro-Schein und ein Zettel, auf dem mit Füllfederhalter geschrieben stand: »Entschuldige, ich musste plötzlich weg. Alles Gute! Dein alter Kumpel Dornfeld«.

Der Kellner erschien und fragte: »Ihr Begleiter ist gegangen? Wünschen Sie vielleicht zu speisen?«

Er schüttelte den Kopf. Da die Flasche leer war, bestellte er noch ein Viertel Wein, dann noch eines. Schließlich ließ er sich die Rechnung bringen und zahlte.

III.

Er war nun angetrunken, wobei diese Trunkenheit nicht schwer auf ihm lastete, wie es bei der Tageszeit eigentlich zu erwarten gewesen wäre, sondern fast die gegenteilige Wirkung hervorrief: Sie nahm ihm den entsetzlichen Druck von der Brust, oder wo auch immer dessen Schwerpunkt gewesen sein mochte. Eine gewisse Entspannung trat auf seine Züge. War er bisher durch Zufälle daran gehindert worden, dorthin zu gehen, wohin zu gehen er seit Tagen beschlossen hatte, freilich ohne festen Termin, so hinderte ihn nun auf einmal die Gewissheit, dass er heute sowieso noch dorthin gehen würde und gerade deshalb besondere Eile nicht nötig war.

Einem Spaziergänger gleich schlenderte er durch die Einkaufspassage vor dem Bahnhof, die sich längst mit Menschen gefüllt hatte wie jeden Tag, nur waren ihm all diese Leute nie so absonderlich vorgekommen, wie sie da in die Geschäfte liefen und Tüten schleppten und ihr Schwätzchen hielten und ihren ebenso lächerlichen wie rührenden Alltag verlebten, als wüssten sie nicht, dass alles, was sie kauften, Tinnef war, und alles, was sie taten, sinnlos, dass der Himmel gleichgültig über ihrem Treiben stand und dass sie alle sterben mussten.

Er lief zum alten Marktplatz, denn er verspürte das unwillkürliche Verlangen, in die Kirche gehen. Nicht dass er dort auf Trost hoffte, er war kein gläubiger Mensch, er suchte lediglich Zuflucht vor der Obszönität dieser Einkaufspassage. Er war zeitlebens gern in Kirchen gegangen, die feierliche Stille und sakrale Würde im Innern der alten Gotteshäuser übten jedes Mal eine beruhigende Wirkung auf sein Gemüt aus. Doch nachdem er sich in der zweiten Bankreihe im Mittelschiff des Domes niedergelassen hatte, ertappte er sich dabei, wie er mit jenem Gott, an den er nicht glaubte, ins Gericht ging, während er auf das Abbild seines gekreuzigten Sohnes starrte. Warum hast du ihnen und mir das angetan?, fragte er. Wie schön wäre es, wenn es dich wirklich gäbe, denn dann könnte ich dich verfluchen und anspeien dafür! So aber sitze ich hier in diesem prachtvollen Narrenhaus inmitten einer teilnahmslosen Natur, die sich nicht einmal die Mühe macht, uns Menschen feindlich gesinnt zu sein, sondern uns einfach so auslöscht, und führe sinnlose Selbstgespräche. Und doch: Wie schön war es vor Kurzem noch gewesen zu leben …

Er sah eine alte Frau auf die Knie sinken und beten und verließ mit eiligen Schritten die Kirche.

Südlich des Marktes begann der Stadtpark, ein nach englischem Vorbild angelegter Naturpark, in den es die Bewohner in Scharen zog, sobald die Sonne Anstalten machte, sich länger als eine Viertelstunde zu zeigen. Heute, im Dunst des Spätherbstes, lag er fast menschenleer, obwohl hin und wieder ein Sonnenstrahl sich anschickte, die Wolkendecke zu durchbrechen. Er kannte diesen Park in- und auswendig, jeder einzelne Weg war ihm vertraut, er hatte hier unzählige Stunden verbracht, mit Katja spazieren gehend oder einsam joggend. Und mit dem Kinderwagen ... Der Schmerz sammelte sich zum Sprung, doch nun schien es, als ob er einzelne Regionen in seinem Innern abgetötet hatte, er fühlte sie nicht mehr, ein dumpfes Beinahe-Nichts war an ihre Stelle getreten, und seine Augen blieben trocken. Er konnte den Gedanken denken, dass er hier mit dem *Kinderwagen* gelaufen war, ohne dass es ihm das Herz herumdrehte, weil diesem Bild auf einmal keine Empfindung mehr entsprach. Er beschleunigte seine Schritte. Irgendwann, dachte er, folgt auf den Schmerz der große Stumpfsinn und auf diesen die Gewöhnung. Die Welt war gewiss randvoll mit Leuten, die ein großer Schmerz zu Gefühlszombies gemacht hatte, und die einfach weiterlebten, obwohl ihre Herzen längst gebrochen waren. Er lief schneller, als wollte er diesen Gedanken abschütteln, er hastete nun beinahe durch das Spalier der Bäume. Seine Schritte klackten auf dem Asphalt, und er begann zu schwitzen. Man konnte zum Beispiel schon vormittags mit dem Trinken anfangen, dachte er, tagein, tagaus, und irgendwann starb man; Tausende taten es so.

Keuchend blieb er vor einem Baum stehen. Es war eine Buche, leicht zu erkennen an ihrer glatten Rinde, ein herrliches Exemplar, bestimmt fünfzehn Meter hoch, mit wuchtigem Stamm und ausladender, herbstbunter Krone, die bereits die Hälfte ihrer Blätter verloren hatte. Die Schönheit dieses Baumes traf ihn mit epiphanischer Wucht. Er trat näher an ihn heran und berührte den Stamm mit der Hand, zunächst mit den Fingern, dann mit der Handfläche.

Wie warm er war, wie lebendig er sich anfühlte ... Er schritt um den Baum und betrachtete die Rinde, die aus der Nähe zahllose Furchen und Runzeln zeigte, das Laub raschelte unter seinen Füßen, und dann, in einer plötzlichen Aufwallung, schloss er seine Arme um den Stamm, so weit es eben ging, presste seine rechte Wange an die Rinde, die an dieser Stelle besonders glatt war, und ließ die Augenlider sinken. Ich habe noch nie einen Baum umarmt, dachte er schuldbewusst, ich habe keinen Baum als Freund, habe sie immer ignoriert, was mögen die Bäume von mir denken? Man kann doch nicht auf diesem Planeten gewesen sein, ohne Freundschaft mit einem Baum geschlossen zu haben!

Vom asphaltierten Hauptweg ging genau an dieser Stelle ein kleiner Pfad ab, an dem eine Bank stand, die er bislang nicht gesehen hatte, weil seiner neuer Freund sie verdeckte. Nun bemerkte er, dass dort jemand saß und ihn beobachtete. Es war eine junge Frau mit langem, braunem Haar, recht hübsch, wie er sofort feststellte, mit einem Geigenkasten neben sich. Sie hält mich gewiss für verrückt, dachte er und wunderte sich zugleich, dass er überhaupt noch in solchen konventionellen Maßstäben dachte.

Aber diesen Eindruck vermittelte sie ganz und gar nicht. »Ein schöner Baum!«, sagte sie. Sie sagte *schjönerr* und verriet damit, dass sie keine Deutsche war.

»Ja, nicht wahr?«, erwiderte er. »Und erst heute ist es mir aufgefallen.«

»Das passiert«, erwiderte sie. »Man übersieht so viele Dinge.«

Sie sprach das Wort ›Dinge‹ mit einem lange am Gaumen verweilenden n und deutlich davon abgesetztem g. Es war eindeutig ein slawischer Akzent, der dieses ansonsten gestochen wirkende Deutsch färbte. Wie schön sie redet, dachte er, unser Deutsch ist ja eher eine kantige Sprache, aber so wie sie es ausspricht, wird es Musik!

»Darf ich mich zu Ihnen setzen?«, fragte er.

Sie nickte. Sie war vielleicht Ende zwanzig und wirklich hübsch, sie hatte breite, hochstehende Wangenknochen und strahlende blaugraue Augen, ihr Blick wirkte sehr klug, die Lippen waren etwas blass und von feinen senkrechten Rissen durchzogen.

»Haben Sie einen Baum zum Freund?«, fragte er. »Oder einen Stein?«

»Nein«, antwortete sie und lachte hell, »doch ich liebe es, in der Natur zu sitzen.«

»Sie spielen Geige? Eine blöde Frage, nicht wahr? Warum sollten Sie sonst mit einem Geigenkasten herumlaufen!«

»Vielleicht schmuggle ich darin Zigaretten.«

Die stille Fröhlichkeit, die diese Frau ausstrahlte, wirkte auf ihn wie eine wundertätige Medizin. Ein Wärmestrom floss von ihr zu ihm, und zu seinem Entsetzen empfand er in dieser Sekunde ein Glücksgefühl, das alles zu übertreffen schien, was er an Glück jemals hatte empfinden dürfen. Er hätte am liebsten seinen Kopf auf ihren Schoß gelegt und gesagt: Sprechen Sie, sprechen Sie irgendetwas in Ihrem herrlichen Dialekt und lassen sie mich liegen und lauschen, bis ich nicht mehr bin!

»Sie sind Russin?«

»Ja.«

»Aus welcher Stadt, wenn ich fragen darf?«

»Aus Jekaterinburg. Früher Swerdlowsk. Das ist«, fügte sie hinzu, als sie in seiner Miene las, dass er diese Namen anscheinend noch nie gehört hatte, »am Ural.«

»Eine große Stadt?«
»Oh ja!«
»Ich war nie in Russland«, gestand er, und er tat es seufzend, denn ihm fiel keinerlei Grund ein, warum es sich so verhielt. »Ich wollte Moskau und vor allem Sankt Petersburg immer sehen, aber irgendwie habe ich es nicht geschafft. Petersburg muss eine wunderschöne Stadt sein.«
»Ich habe dort studiert.«
»Geige?«
»Nicht wahr? Was für ein Unsinn. Heute man studiert doch besser Wirtschaft oder Jura.«
»Ist das Ihr Ernst?«
Sie zog die Nase kraus, wiegte den Kopf und sagte: »Ich weiß nicht.«
»Als ob es nicht schon genug von diesen Erbsenzählern auf der Welt gäbe!«, setzte er beinahe zornig hinzu.
»Erbsenzähler? Was bedeutet das?«
»Ach, das sagt man so zu Leuten mit irgendwie wichtigen und zugleich verächtlichen Beschäftigungen«, erklärte er mit einer wegwerfenden Handbewegung. »Dagegen Sie ... Ich verstehe nicht viel von klassischer Musik, ich habe mich erst die letzten Jahre dafür zu interessieren begonnen.«
»Es ist nie zu spät.«
»Würden Sie denn etwas für mich spielen?«
Sie sah ihn erstaunt an.
»Sie können sich kaum vorstellen, was Sie mir damit bereiten würden!«
Die junge Russin schien zu überlegen, ob sie es mit einem Verrückten zu tun hatte, doch dann sagte sie: »Warum nicht?«

Sie öffnete den Geigenkasten, nahm Bogen und Instrument heraus, erhob sich und stellte sich in Position. Sie trug eine hüftlange rubinrote Jacke undefinierbarer Herkunft mit Fellkragen und Fellrevers, dazu Jeans, und er konnte sehen, wie gut sie gewachsen war. Ihre Schuhe waren billig, an der Spitze abgestoßen, und ihm fiel ein, dass er in ihren Augen ein wohlhabender Mann sein musste. Sie klemmte die Violine unter ihr Kinn und sagte mit großem Ernst: »Ich spiele das Largo aus der f-Moll-Sonate von Johann Sebastian Bach.«

Der Bogen berührte die Saiten. Eine Melodie von solcher Schönheit erklang, dass ihm Tränen in die Augen schossen. Diese Musik war zugleich Schöpfungslob und tiefe Trauer, sie sang vom Wunder des Am-Leben-Seins und vom unsäglichen Schmerz des Abschieds. Der Park lag still und menschenleer in seinen Herbstfarben, die Luft war schwer von Feuchtigkeit, sie stand und spielte, in ihren schlechten Schuhen und ihrer absonderlichen Jacke und dennoch schön wie der Tag, und er lauschte ergriffen, verzaubert, entrückt. In diesem Moment brach ein Sonnenstrahl durch den Dunst, genau über ihnen, und er beschien die Szenerie wie ein Suchscheinwerfer Gottes.

Als der letzte Ton verhallt war, verharrten beide in ihrer Position und lauschten ihm nach. Dann applaudierte er heftig und sagte mit belegter Stimme: »Bravo! Danke! Vielen Dank! So etwas Schönes habe ich selten gehört – ich meine, erlebt ...«

Er verstummte. Sie setzte sich wieder und verstaute das Instrument in seinem Kasten.

Da nun eine Weile Schweigen herrschte, fürchtete er, sie würde jeden Moment aufstehen und sich verabschieden.

»Sind nicht die meisten großen Komponisten früh gestorben?«, fragte er, um irgendetwas zu fragen. »Mozart zum Beispiel?«

»Mit fünfunddreißig.«

»Und Schubert?«

»Noch früher. Er war einunddreißig.«

»So jung! Gibt es auch Komponisten, die sich umgebracht haben?«

»Schumann hat es versucht. Sonst ich kenne keinen. Musik macht anscheinend nur die traurig, die sie hören.«

Er musterte sie lange von der Seite. Sie zeigte ihm ihr Profil mit dem hohen Wangenknochen, ohne ihn aus den Augenwinkeln anzuschauen, doch eindeutig wusste sie, dass er sie anstarrte. Ein feines Lächeln lag auf ihren Lippen. Er verspürte das Verlangen, ihr durchs Haar zu streichen. Vielleicht ist sie die letzte Frau, die du siehst, dachte er. Wie hübsch sie war! Er überlegte, wann er das letzte Mal mit Katja geschlafen hatte und wann das letzte Mal davor mit einer anderen Frau. Es fiel ihm nicht ein, doch es war ein merkwürdiger Gedanke, denn jeder Mann schlief irgendwann zum letzten Mal in seinem Leben mit einer Frau, aber nie oder beinahe nie hatte er eine Ahnung davon, dass ausgerechnet dieses eine Mal sich später als das letzte Mal erweisen würde.

»Haben Sie einen Freund?«, fragte er.

»Warum interessiert Sie das?«

Die letzte Frau in seinem Leben ... Sollte er es noch einmal versuchen? Aber wie? Er würde sie und sich in eine peinliche Situation bringen, doch was gingen ihn jetzt noch Peinlichkeiten an?

»Vielleicht möchte ich nur wissen, ob Sie noch zu haben sind.«

Die befürchtete ablehnende Reaktion trat nicht ein. Im Gegenteil, sie drehte ihm ihren Oberkörper zu und blickte ihn forschend an. Dann sagte sie mit einem schnippischen Lächeln: »Das hängt davon ab, ob der Mann sich ein russisches Mädchen überhaupt leisten kann.«

»Nicht von seinem Alter?«

»Das Alter interessiert uns nicht sehr. Wir wollen Männer, die uns verwöhnen und Sicherheit geben.«

»Und was geben sie den Männern dafür?«

Sie schenkte ihm einen Blick aus ihren blaugrauen Augen, der ihn erschauern ließ, und sagte: »Alles.«

Oh ja, das muss schön sein, alles von dir zu bekommen, dachte er, du kleines, süßes, armes Mädchen!

»Darf ich fragen, wie Sie heißen?«

»Valentina.«

Er überlegte, ob er sie bitten sollte, mit ihr zu sich nach Hause zu gehen, um seine Kreditkarten zu holen und ihr alles Geld zu schenken, das noch sinnlos auf seinem Konto lag. Vielleicht würde sie zum Dank dafür mit ihm schlafen. Ein Sparbuch war auch noch da, sie hatten es damals angelegt für ihren David ...

Der Gedanke an den Jungen zerstörte die aufkeimende Begierde im Nu. Mit einem verzweifelten Stöhnen schlug er die Hände vors Gesicht. Sein Oberkörper sackte zusammen und wurde von unregelmäßigen Zuckungen geschüttelt. Er verlor jedes Gefühl der Zeit.

Als er wieder aufsah, saß sie nicht mehr an seiner Seite.

Alle rennen sie heute vor mir weg, dachte er, und sie tun völlig recht daran. Doch nein, sie stand vor ihm, in wenigen Schritten Abstand, und musterte ihn mit diesem ernsten Blick, der ihm schon an ihr aufgefallen war.

»Ich muss los«, sagte sie. »Ich wünsche Ihnen viel Glück!«

Er starrte sie an wie eine Traumerscheinung und nickte mit dem Kopf.

»Danke!«, sagte er. »Auch Ihnen viel Glück!«

Sie hob die Hand zu einer Art Winken, dann lief sie los. Nach ein paar Schritten drehte sie sich noch einmal um und rief: »Auf Wiedersehen! Es war nett, Sie kennenzulernen!«

IV.

Er hatte die Brücke erreicht, das Ziel seines Tages. Er hatte hier oben am frühen Morgen stehen wollen, nun war es bereits Nachmittag. Aber noch war heute.

Der Fluss kam vom Süden und setzte von hier den Weg in die Stadt fort, die er in zwei verschieden große Hälften teilte. Normalerweise waren die Brücken, die über ihn führten, nicht sonderlich hoch; diese bildete eine Ausnahme. Hier war auch das Wasser tiefer und floss schneller als andernorts, es eilte einem kleinen Wasserfall entgegen, und zur Warnung der Spaziergänger waren am Ufer Schilder mit der Aufschrift »Baden verboten! Lebensgefahr!« aufgestellt. Zu beiden Seiten erhoben sich baumbewachsene Böschungen, und auf diesen wiederum, im rechten Winkel zu ihnen, ein Bahndamm. Die Stahlkonstruktion der Brücke ruhte auf zwei mächtigen Betonpfeilern und bestand aus einem oberen Teil für die Züge und einem unteren für Fußgänger und Radfahrer. Während der untere

Bereich vollständig vergittert war, gab es oben nur ein Geländer. Auf der Brücke von unten nach oben zu gelangen war wegen der Vergitterung unmöglich.

Er war lange vor dem Taleinschnitt auf den Bahndamm geklettert, und niemand beobachtete ihn. Wenn die Sonne schien, waren an den Wochenenden normalerweise viele Spaziergänger und Freizeitsportler am Fluss unterwegs, doch an einem Wochentag und bei diesem Wetter ließ sich kaum jemand blicken. Die wenigen Läufer hatten kein Auge für das, was oberhalb ihrer gesenkten Köpfe geschah. Von hier oben war nur zu erahnen, dass das Gleis über eine Brücke führten, es lief in seinem Schotterbett mitsamt den Strommasten durchs Grün der Bäume, welches an einer Stelle abrupt endete und hundert Meter weiter wieder begann. Dazwischen lag der Fluss. Er beeilte sich, dorthin zu kommen. Der Schienenbus, der hier oben verkehrte, fuhr nur alle Stunde, und einer hatte die Brücke vor wenigen Minuten passiert, er würde also ungestört sein.

Katja, Liebste, dachte er, Davidka, mein Süßer, ich komme jetzt.

Er hatte fast die Mitte der Brücke erreicht und sein Atem war schwer. Von hier ging es etwa zwanzig Meter in die Tiefe. Der Fluss direkt unter ihm war noch recht flach, man sah deutlich den steinigen Grund, doch ein kleines Stück weiter fiel sein Bett ab. An dieser Stelle floss das Wasser fast reißend und strömte durch ein Spalier findlingartiger Steinblöcke auf den Fall zu.

Auf einem der Steinblöcke, ganz nah an dessen Rand, spielte ein kleiner Junge.

Aber das war doch gefährlich! Und weit und breit niemand, der auf das Kind achtgab!

»Junge! Geh da weg!«, rief er von oben und ruderte mit den Armen.

Er hätte nicht rufen dürfen, denn das Kind sah nun überrascht zu ihm hinauf, geriet dadurch ins Straucheln und verlor den Halt.

»Oh nein!«, schrie es von oben.

Der Kleine rutschte den Steinblock hinab, fand aber mit den Füßen an einem Vorsprung Halt. So stand er oder hing halb über dem dahinschießenden Wasser, unfähig, seine Position zu ändern, und begann zu weinen.

»Um Himmelswillen! Halt dich fest!«

Und das heute, dachte er, das alles ausgerechnet heute! Hektisch sah er sich um. Dort, am anderen Ende der Brücke, führte eine Treppe zum Ufer hinunter.

»Halt dich fest, Junge, ich komme!«

Und er rannte los.

Edition Sonderwege
© Manuscriptum Verlagsbuchhandlung Thomas Hoof
Lüdinghausen 2023

Dieses Werk ist urheberrechtlich geschützt.
Jede Verwertung außerhalb der engen Grenzen des Urheberrechtsgesetzes
ohne Zustimmung des Verlags ist strafbar. Das gilt insbesondere für
Vervielfältigungen, Übersetzungen, Mikroverfilmungen und die digitale
Einspeicherung und Verarbeitung in elektronischen Systemen.

ISBN 978-3-948075-58-3
www.manuscriptum.de

Franz von Sales
Im Seelengrund ruht aller Streit

Reihe
Klassiker der Meditation